guerra no coração do cerrado

maria josé silveira

guerra no coração do cerrado

EDITORA RECORD
RIO DE JANEIRO • SÃO PAULO
2006

CIP-Brasil. Catalogação-na-fonte
Sindicato Nacional dos Editores de Livros, RJ.

S589g
Silveira, Maria José
Guerra no coração do cerrado / Maria José Silveira. – Rio de Janeiro: Record, 2006.

ISBN 85-01-07585-X

1. Romance brasileiro. I. Título.

06-3210

CDD – 869.93
CDU – 821.134.3(81)-3

Copyright © Maria José Silveira, 2006

Capa: EG Design / Evelyn Grumach

Uma explicação:
A autora usa a grafia cayapó – e não a atualizada Kayapó do Sul – por ter sido a da época em que se passa a história contada neste livro. Pela mesma razão, flexiona a concordância, o que não faz quando usa o nome panará para enfatizar que era usado só pelos índios e não pelos brancos.

Direitos exclusivos desta edição reservados pela
EDITORA RECORD LTDA.
Rua Argentina 171 – Rio de Janeiro, RJ – 20921-380 – Tel.: 2585-2000

Impresso no Brasil

ISBN 85-01-07585-X

PEDIDOS PELO REEMBOLSO POSTAL
Caixa Postal 23.052
Rio de Janeiro, RJ – 20922-970

EDITORA AFILIADA

Para Lucia, Otavio, Flavio, Graça, Px, Fernando, Jacinta, meus irmãos.

Para Felipe.

"Não sou inocente. Não sou culpado. Sou um equívoco."

Maíra, Darcy Ribeiro

"O povo que deixa de acreditar em seu futuro morre."

Romexi

Sumário

Prólogo 11

PARTE I **A Trégua**

A nuvem vermelha 15
Razão panará 29
Breve notícia da longa guerra 37
Vida branca 45
Ritos e alfenim 63
"Suavidade e Brandura" 69

PARTE II **O Tapir que Rói**

O nome que branco nenhum jamais saberá 85
A trégua em Maria Primeira 95
Cabo de guerra 103
Gosto do açúcar 115
Um ultimato 125
A cor das roupas 135
Morada nova 141

PARTE III   **A Névoa**

A primeira expedição   153
Vida estranha   163
Um jantar civilizado   173
Fogo na mata seca   183
A segunda expedição   187
Torres de pedra   195
A terceira expedição   205
O movimento da roda   213
A quarta expedição   223
Pedregulhos amarelos   231
A última expedição   237
A farsa   249

Epílogo 257

Nota e agradecimentos 259

Bibliografia consultada 261

Prólogo

Cada lado de uma guerra tem seu herói.

Estranho é quando os dois lados têm o mesmo herói. Quando isso ocorre, alguma coisa está errada ou fora do lugar.

A guerra que aconteceu no centro do coração deste país não foi pequena nem curta: durou séculos e exterminou várias nações indígenas.

No caso de Damiana — mitificada pelo lado do branco colonizador e respeitada e amada pelo lado indígena —, o que estava fora do lugar?

PARTE I

A Trégua

"E se mais mundo houvera, lá chegara."

Camões

"O maior obstáculo para a catequese não é o ódio dos indígenas contra os cristãos, é o ódio destes contra aqueles."

Aristides de Sousa Spíndola,
presidente da Província de Goiás (1881)

A nuvem vermelha

O momento é aquele quando há a primeira e levíssima mudança no tom da escuridão. Quando a noite, lenta, cede o primeiro passo para o ainda imperceptível vislumbre do dia.

A voz do moleque Zaqueu ecoa pelas ruas da cidade. Estridente, mais que assustada: voz de puro pavor.

— Eivém eiiiis, os tapuiiiii! Eivem eiiis, minha gente, acodiiiiiiii!

O tremor marca o final das vogais como se assim conjurasse o grande medo.

Para Zaqueu, chegado há pouco a Vila Boa, qualquer índio que não é "manso", que não é "domesticado", é tapui. O povo de Vila Boa, no entanto, sabe perfeitamente a quem os gritos tremeliqüentes do escravo se referem: aos famigerados cayapós. Temidos como se temem as feras do mato, o perigo odiado, a morte cruenta.

Temidos pela cidade toda, menos pelo capitão-geral, Dom Luiz da Cunha Menezes, que há muito os esperava.

Os esganiçados iiiisss de Zaqueu despertam os moradores e entram pelo portão dos fundos do palácio. Se soubesse que era tanto o pavor do moleque, Dom Luiz não o teria mandado ficar, logo ele!, de espreita na estrada.

Imediatamente escuta o tropel do cavalo de um soldado dos Dragões, cascos batendo ríspidos nas pedras e levando ao palácio o aguardado aviso oficial:

— Acordem o capitão-geral, são eles. Estão chegando.

Dom Luiz não se surpreende com o rebuliço nem se apressa: havia algum tempo estava acordado e, de fato, até já tomara boa parte de seu desjejum. Está tenso e ansioso, mas sobretudo orgulhoso de si mesmo. Desde que chegara a essa vila de fim de mundo, três anos atrás, aguardava essa manhã. Era sua bela vitória. Seu grande feito. Seu, queira o bom Deus!, passaporte para sair dali. Para isso viera, entre outras coisas: para dominar e vencer os belicosos índios da nação cayapó.

Se não conseguira muito mais naqueles anos de desconforto e frustrações nesse lugar esquecido de Deus, e certamente também do Diabo, porque nem o Diabo, se pudesse, escolheria viver naqueles cafundós, pelo menos isso ele conseguira: pacificar os selvagens. Com um pouco de sorte, quem sabe de agora em diante as coisas começariam a melhorar e ele poderia fazer algo da civilização vingar nas entranhas de uma terra que nem ouro soube dar direito.

Saíra confiante de sua saudosa Bahia para governar a região há pouco promovida à capitania, de onde fora extraído, em seu breve momento de apogeu, grande parte do ouro que enfeitava as igrejas e o luxo da sua Cidade de Salvador; mas foi só ele chegar e tudo começar a degringolar. Não foi à toa que no momento mesmo de apear depois de uma viagem desgastante, viera-lhe à cabeça um dito espanhol que o fidalgo Duque Arrazola, saudoso amigo, gostava de repetir: *"Riqueza pasó por aqui? Cátala que no la vi."*

Desde o dia em que pôs o pé ali, percebera que a mineração estava nos seus estertores. E teria sido um milagre se não estivesse, pois tudo que foi feito na região desde o princípio foi feito errado. Não dava mais para consertar. As autoridades já tinham se dado conta de que as minas se esgotaram precocemente pela maneira como os aluviões foram explorados no início. O ouro, fácil demais, estava depositado como um presente nos cascalhos das beiras dos rios, bem à mão dos primeiros que chegavam, e que foram tirando o que viam e esparramando o que não viam, deixando o lixo e a lama serem levados pelas correntes, soterrando outros depósitos auríferos mais abaixo e tornando-os dessa vez inatingíveis. Os mineradores, espicaçados, começaram a explorar as margens dos ribeirões. Desmataram galerias, destruíram barrancos, e lá se foi mais lama e lá se foi mais areia entupindo ainda mais os ribeirões, enterrando ainda mais profundamente o ouro que restava, se é que restava algum. E depois dos barrancos dos ribeirões, passaram para a mineração do morro, muito mais difícil e menos produtiva.

Tudo errado.

E agora, efetivamente, o ouro parecia ter sumido. Se sumiu mesmo ou não nem era o mais importante, porque o fato sem remédio é que ninguém consegue tirar quase mais nada dali. Se sua missão era conseguir mais ouro para a Coroa, então que o enviassem para uma capitania de respeito, como a das Minas Gerais. Era para lá que deveria ter ido, e é para lá que ambiciona ir agora. Sair de vez dessa morada infernal de mosquitos, rusticidade, calor, apatia.

E índios.

Mas não antes de realizar, louvado seja Deus!, a sua segunda missão, essa que cumpriria com toda a pompa hoje: pacificar os cayapós que havia mais de meio século infernizavam a vida da capitania. Seria essa a sua esplendorosa façanha: e por ela poderia contar certo com uma comenda de Sua Majestade.

Ninguém antes fez o que ele faria hoje.

Aproxima-se da janela e olha a praça escura.

Percebe que, depois dos gritos estridentes de *tapui,* a cidade começava a dar sinais de susto e preparação. Medrosa, pusilânime, indigna. Teriam uma surpresa quando vissem o que seu Governador da Madrugada lhes preparara.

Governador da Madrugada... E a sensação do flanar de um sorrisinho leve passa por seus lábios cobertos pelo bigode caprichado. Quando está bem-humorado, como agora, até gosta do apelido que ganhou por chegar de madrugada à vilinha insignificante demais para ser chamada de sede de um governo. Aquele povinho medroso tinha medo de andar à noite pelos matos, ele não; por que teria? Se precisamente a noite era a hora mais fresca e menos propensa ao encontro com as irritantes nuvens de mosquitos que flagelavam a região e, de seu ponto de vista, só isso já compensava os outros perigos que porventura houvesse, mas não havia nenhum, era tudo pura ignorância: os bichos à noite também dormem. Ele viera com sua comitiva, acompanhando um carregamento de sal e aproveitando justamente a tepidez noturna da estrada salineira.

A sensaçãozinha boa de riso cínico, agora já mais forte, cruza seu rosto ao pensar que na verdade muitos o chamavam pelo apelido não exatamente por seus hábitos noturnos de viagem, mas por algo bem mais interessante. O irrefreável prazer de desaforar o vigário, levando jovens damas de companhia para ver da torre da igreja, de madrugada, a beleza etérea da cidade. Qualquer madrugada dessas, o Senhor Vigário teria uma apoplexia, não por nada, mas de pura inveja! Se pudesse, então, ver as coxas brancas da jovem Das Dores, como ele vê agora, ali de onde está, pela porta entreaberta do quarto, qual grosso leite derramado no verde escuro da colcha de damasco da sua cama, aí sim que o Senhor Seu Vigário estrebucharia!

Deixa a gargalhada cínica estrepitar pela sala vazia.

A noite com Das Dores fora a preparação perfeita para os sucessos do dia. Sábia decisão, a de ficar só com ela, mais experiente e expedita, dispensando as outras que, jovens demais, estavam lhe custando caro e sendo mesmo, há que se reconhecer, até um pouco extenuantes. As coxas leitosas de Das Dores serão suficientes por algum tempo.

O governador está feliz.

Toma mais um gole de café, come outra broa de milho — uma das poucas iguarias que aquele povo indolente sabe fazer bem.

Tem tempo.

Pode escutar o rebuliço que às pressas se forma lá fora, autoridades chegando para falar com ele, o povo se reunindo na praça em frente ao palácio para saber o que está acontecendo, os soldados agitados sentindo o cheiro do inimigo, os cavalos relinchando e bufando e coiceando nas pedras.

Uma neblina densa envolve a cidade e faz as pessoas que chegam assustadas na praça parecerem figurantes de uma peça teatral idealizada por ele.

Que satisfação enorme ver toda aquela azáfama!

Dera ordens para ninguém entrar, a não ser seu oficial de confiança, o mesmo que dias atrás lhe trouxera a excelente e quase milagrosa notícia: os cayapós estavam vindo se aldear!

O sorriso de júbilo enche-lhe a cara branca e bem escanhoada.

Sua estratégia fora de fato magnífica! Que pena ainda ter de esperar alguns meses para a notícia chegar à Corte e só então ser cumprimentado e homenageado como merecia!

Quando, cerca de dois anos antes, tivera o tino de escolher o homem certo para comandar a expedição de cinqüenta homens armados que partira com ordens de penetrar na região do Rio Claro, "infestada" de cayapós, mal podia antever o tamanho de seu sucesso.

José Luiz Pereira, o soldado que escolheu para comandar a expedição por ser grande conhecedor dos costumes dos selvagens, foi com dois intérpretes índios e as instruções claríssimas de "respirar paz e proteção aos cayapós", além de presenteá-los com ferramentas de ferro e outras mercadorias em nome de Sua Majestade, a Rainha Maria Primeira. Cinco meses depois, teve a primeira e alvissareira satisfação de ver o soldado chegar com um grupo de 36 índios, persuadidos a virem conhecê-lo, a ele, o governador, o Grande Capitão. O grupo veio com um velho cacique, de nome Romexi, enviado como representante do cacique principal dos cayapós, de nome Angraíocha, para verificar se eram verdadeiras as promessas do soldado Pereira.

O velho Romexi chegou cercado de seis guerreiros e algumas mulheres e crianças. Curvado e magro, parecia aumentado duas vezes de tamanho com seu grande cocar de plumagem de araras azuis, amarelas, vermelhas, e o corpo repleto de cicatrizes.

Foi então que Dom Luiz da Cunha acredita ter dado seu golpe de mestre!

Ao ver a imponência do velho, decidiu recebê-lo como se fosse uma autoridade legítima. Paramentou-se com seu uniforme de gala — como já está vestido agora — e com todos os seus aparatos de poder, e recebeu o grupo com salvas de artilharia e canhão. Fez celebrar uma missa de ação de graças, com *Te Deum* e os demais hinos, que o vigário para algo haveria de servir.

O velho Romexi e sua comitiva, com suas plumas e pinturas coloridas, bordunas e arco e flecha, olharam tudo aquilo com encantada admiração e profundo respeito. Ficaram completamente embevecidos e impressionados, isso ele podia garantir. Os poderes excelsos do soberano e da igreja foram absolutamente estabelecidos, isso ele também podia garantir. Os brutos pareceram entender toda a insignificância e inutilidade de suas tentativas de se verem livres do poder da Coroa. E ele prometeu, durante a pompa da solenidade de gala, proteção total a Romexi e seu povo em nome do governo de Sua Majestade, contanto que cessassem de uma vez por todas as hostilidades e os ataques a seus vassalos.

Ainda não satisfeito, Dom Luiz ofereceu outras festas e rituais solenes, enquanto o velho cacique e seu grupo desfrutavam de sua hospitalidade na capital. Uma das índias, no entanto, irmã do velho Romexi, ficou doente — que fraqueza a desse povo, Santo Deus!, como morrem fácil com qualquer gripinha! Foi batizada e faleceu quase em seguida.

Por um momento, a tensão se espalhou outra vez pela cidade — na verdade, menos entre os índios e mais entre os brancos, que temiam serem considerados culpados por essa morte azarada e inoportuna. Todos sabiam que os cayapós eram danados pra botar a culpa no feitiço dos brancos quando não sabiam de que enfermidade algum dos seus tinha morrido.

Foi então que ele teve outra de suas táticas iluminadas.

Mandou que enterrassem a índia defunta na igreja, com os ritos mais solenes possíveis, não como uma simples selvagem recém-batizada, mas como embaixadora de um povo que merecia respeito.

O velho Romexi ficou mais uma vez perplexo com a cerimônia toda, e só houve um incidente que por pouco não fez a ignorância política do insensível vigário pôr tudo a perder. Por ser um costume antigo, o cacique fez questão de embrulhar a índia defunta em seus panos e enterrá-la sentada, e não deitada. O carpinteiro teve de improvisar um caixote para servir de caixão, onde o corpo da morta foi colocado com o rosto virado para o leste, como também é do costume deles. Junto com ela, no caixote-caixão, colocaram uma cuia de água, pois acreditam que o defunto vai ter sede na jornada que fará até onde só Deus sabe! Dom Luiz teve de prometer uma fortuna para consertar o telhado da igreja e fazer valer sua autoridade de chefe máximo para que o vigário aceitasse enterrar a índia nessas condições, mas para isso também serve a verba da Fazenda Real, e assim foi feito. Mesmo as outras mulheres que se lamentavam como se uivassem ao lado da morta tiveram que se calar, estarrecidas, quando as vozes do coro inundaram a igreja com o *Miserere Nobis*.

Poucos dias depois, o grupo de índios, seguindo suas ordens, foi levado para o aldeamento de São José de Mossâmedes, a cerca de cinco léguas, para que vissem como era tranqüila e cheia de ferramentas e outras facilidades e presentes a vida dos povos indígenas que ali estavam. Que vissem com seus próprios olhos e voltassem para suas aldeias e convencessem todo o povo cayapó a vir também se aldear ali.

Além de tudo isso, evidentemente, ele concedeu muitos e vários presentes especiais para Romexi levar a seu grande chefe Angraíocha qual penhor do apreço do grande Capitão dos Brancos.

Mas aí, outra vez, Dom Luiz quase viu sua estratégia malograr.

O velho Romexi, parecendo muito contente com o tratamento e conforto que os brancos estavam lhe proporcionando, não quis partir, dizendo que estava muito fatigado e precisava descansar. O governador teve de usar todos os seus dotes de oratória e argumentos para convencê-lo a partir. Romexi, alegando a idade, pedia que o deixassem se restabelecer tranqüilo ali com a amizade dos brancos, e o governador, exasperado, argumentava que "Não, ainda não! Ainda não podemos! A paz não estará feita enquanto todo seu povo não vier, ou pelo menos o cacique principal, seu filho Angraíocha." Ao que o velho respondia, "Não se preocupe tanto. Sossegue. Com o tempo, Angraíocha virá". Mas Dom Luiz insistia, "Ele tem de vir já, pois é isso que a Senhora Nossa Majestade necessita e quer". E o velho balançava a cabeça, "Angraíocha é o senhor de Angraíocha. Ele virá quando for o momento de vir".

Os intérpretes já não sabiam como traduzir a avalanche de argumentos do governador, até que, por fim, de tanto foi capaz sua perseverança e impaciência que o velho Romexi não teve saída a não ser compreender que devia seguir com o soldado Pereira e seus homens. Até um ponto do caminho, no entanto. Dali se recusou a dar um passo além enquanto estivesse se sentindo enfraquecido como estava. Seja como for, no entanto, enviou cinco dos seus seis guerreiros com a mensagem certa para convencer seu povo.

E aí estão eles, agora. Chegando.

São esses que Romexi mandou buscar que estão a caminho da cidade, os comandados do grande chefe Angraíocha. Várias aldeias, um exército de guerreiros. Vindo se entregar.

Enquanto o governador termina tranqüilo e confiante seu desjejum — olhando de vez em quando pela janela —, o povo lá fora vai ficando quase incontrolável. O pavor esbugalha os olhos de soldados, senhores e escravos, todos portando as armas que conseguem. As mulheres, aterrorizadas e escondidas em casa, espiam pelas frestas das janelas e portas. A agitação aumenta.

Por fim, Dom Luiz decide que é hora de sair à porta do palácio e explicar mais uma vez aos moradores da cidade o que está prestes a acontecer. Não pode permitir que nada ponha em perigo esse momento de glória.

Com voz calma e toda a autoridade de que é capaz — e autoridade ele tem quando o momento exige —, disse a todos o que já vinha dizendo havia vários meses: que ficassem perfeitamente tranqüilos porque os índios estavam chegando em paz. Esse era o resultado de longos anos de trabalho de pacificação, e eles não deviam, por nada desse mundo, deixar o medo estragar tão grande esforço. Ninguém sofrerá sequer um arranhão, ele garante e dá sua palavra. As autoridades da capitania devem seguir a seu lado para recepcionar os índios como chefes guerreiros que chegam para se render em paz. Os medrosos e covardes que voltem para suas casas e se escondam debaixo das camas. E quem quisesse segui-lo pelas ruas, deve deixar as armas em casa. Os soldados têm ordem de atirar no primeiro branco que ousar levantar uma arma contra os índios. Os cayapós serão recebidos "com suavidade e brandura" como manda Sua Majestade.

E então, passando pela multidão em frente ao palácio, Dom Luiz encaminha-se com sua comitiva para a grande Praça da Câmara, à entrada da cidade. A neblina já quase desaparecera e o sol que começa a clarear as ruas prenuncia um dia quente. Boa parte dos homens prefere voltar para suas casas, onde se postam por trás das janelas fechadas, mirando pelas frestas e deixando as armas engatilhadas, apontadas para a praça e para as ruas.

A passos firmes e solenes, a comitiva avança. Os soldados, com os uniformes de gala e suas armas, seguem atrás.

Logo, porém, todos param.

O espetáculo é algo jamais visto, nem antes nem depois.

Mais de 250 índios da nação cayapó, comandados pelo próprio grande chefe Angraíocha, entram, pela primeira vez em suas vidas, nas ruas de uma cidade branca.

São guerreiros reluzindo vermelhos, pintados com riscas azuladas, amarelas e brancas. Nos cabelos, braços e pernas, as plumas coloridas dos pássaros do cerrado. Nas costas, aljavas repletas de flechas; nas mãos e ombros, os arcos enormes e as temíveis bordunas em cujo manuseio eram mestres. Por baixo da pintura feérica, a pele avermelhada, e os cabelos negros, duros, volumosos, chegando até o ombro, cabelos queimados à altura das sobrancelhas com carvão aceso, o rosto redondo e largo, olhos pequenos e escuros, narizes achatados, lábios grossos, dentes alvíssimos e completos. Nas orelhas e nos lábios inferiores perfurados os adornos de madeiras típicos da nação cayapó.

Vêm solenes, passos duros e medidos, e rápidos — que índio não anda devagar —, fazendo levantar, como para fazer parte da coreografia, o pozinho fino da terra seca e vermelha, poeira que se adensa e sobe como nuvem especialmente convocada para emoldurar o grupo por trás. No conjunto, é uma nuvem de carne e osso avermelhando a cidade e fazendo ressoar o barulho surdo da batida ritmada de quinhentos pés cayapós.

Imponente. Grave. Perturbadora.

Para os brancos, uma visão na verdade apavorante. São muitíssimo mais do que imaginaram.

E, de repente, há uma parada e um silêncio tão completo que o momento parece se imobilizar. Forma-se um oco no mundo, no tempo e no espaço — a praça lá dentro. Um triunfo do pavor recíproco e avassalador.

Dom Luiz treme.

Angraoícha, não: nenhum dos seus músculos, nem os dos seus homens, se mexe. Ele está ali, à frente do seu povo, na concentração extrema daquele segundo único e para sempre decisivo. Um esvoaçar em falso de qualquer coisa, e o mundo viria abaixo.

Brancos e cayapós, todos entendem perfeitamente isso.

Dom Luiz treme, mas está à altura do momento.

Faz um sinal com as mãos e, em um segundo repleto de alívio, os sinos começam a tocar. Primeiro o da Igreja Matriz, seguido imediatamente por outro e mais outro, todos os sinos das sete igrejas da cidade tocando em uníssono como nunca jamais tocaram. A seguir, e também junto, o fogo de artilharia dos soldados postados, e o canhão do alto da praça — que parece estar ali só para isso. O estrondo de todos esses barulhos juntos forma um som tão grandioso que nem o céu se caísse sobre eles provocaria igual.

E nesse mesmo segundo, Angraíocha e a nuvem vermelha atrás dele, ainda que não possam identificar de onde vem o inacreditável ribombar dos sons produzidos pelos brancos, sabem que é um som de paz.

Continuam a se aproximar até chegarem à boca aberta da praça, onde se postam a poucos metros de governador e sua comitiva de autoridades.

Dom Luiz, com grande solenidade, dá dois passos à frente e lhes faz a saudação das boas-vindas.

Os intérpretes começam seu trabalho.

A paz está sendo selada entre as duas nações.

Atrás do cacique Angraíocha — soberbo, em pleno vigor de chefe guerreiro, com seu grandioso cocar de plumagem colorida, o corpo listrado de várias cores e riscado de cima a baixo com cicatrizes — vem uma índia quase idosa e, ao lado dela, uma criança.

Uma menina de quatro para cinco anos que, pela primeira vez, vê o homem branco e sua espantosa aldeia. Que pela primeira vez vê homens cobertos de panos azul, vermelho, dourado, verde, branco e preto, tão coloridos quanto as pinturas do seu povo. Que pela primeira vez escuta falas e barulhos que jamais escutara antes, e vê modos e coisas que jamais vira antes.

Que pela primeira vez vê um povo tão diferente e grandioso — e é um povo que recebe o seu com um ritual de tal magnificência que ela jamais poderia imaginar igual.

Dali entram na Igreja Matriz, não todos, que não cabem, mas os primeiros da fila, atrás de Angraíocha e sua família, a menina perto dele.

E naquele lugar estranho o padre de vestes engalanadas, os coroinhas meninos como ela, e o ar mais adocicado que jamais sentira, o brilho das pratas e dos ouros, as imagens coloridas dos santos e a música do *Te Deum* cantado para agradecer a grande graça da pacificação, tudo isso entra em assombros pelos olhos da menina.

Ela não quer perder nada da incompreensível beleza do que está vendo.

*

Essa noite, os índios dormem ao relento, acampados na grande praça

Enrodilhada em sua mãe, a menina fecha os olhos exausta, com uma sensação de completude que jamais sentiu nem sentirá em sua vida.

Desde o momento que entrou com seu povo naquela grande praça, a menina nunca soube, mesmo já adulta, que sentimento encheu mais seus olhos brilhando como pequenas estrelas negras, e seu pequeno coração: se a total admiração pela incompreensível maravilha de tudo o que estava vendo daquele estranho povo branco, ou o incontestável orgulho de ser parte do povo que ali chegava e era recebido com tanta imponência.

Aquela manhã marcou para sempre sua vida.

Nos dias seguintes, 113 crianças caiapós são batizadas. Entre elas, a menina e seu irmão mais novo, netos do grande cacique, são os primeiros da fila que dá volta à igreja.

Dom Luiz está ao lado da pia batismal quando o vigário começa a chamada das crianças para lhes dar, uma a uma, a graça do batismo, selando assim o ritual da aliança da paz.

Desde aquela manhã da chegada, o governador notara a menina que estava sempre perto de uma das mulheres ao lado de Angraíocha. Notara seus olhos fixos nele parecendo prestes a devorá-lo para entender; portanto, já sabia quem ela era.

Quando o vigário chama a primeira da fila, justamente a menina ao lado de um menino menor, que ele adivinha ser da mesma família, Dom Luiz se adianta e, antes que o vigário lhe dê o nome costumeiro de Maria, ou o da santa do dia, vem-lhe à cabeça a lembrança de outro, que escutara uma vez e achou bonito:

— Damiana, Senhor Vigário. Esta vai se chamar Damiana, e vai ter meu sobrenome. Damiana da Cunha. E o menino, Manoel da Cunha. Serão meus afilhados, Senhor Vigário. Por favor, prossiga.

Razão panará

O cacique Romexi era velho, de fato, mas era, sobretudo, astucioso.

Quando, meses antes, disse ao governador que estava cansado para voltar a sua aldeia e buscar seu povo, o que pretendia era ganhar tempo para ver e refletir e decidir se era mesmo certa a estratégia que os caciques panará havia algumas luas vinham planejando seguir: a trégua com o homem branco.

Naquele primeiro momento, ele tinha vindo com sua pequena comitiva conhecer o Grande Capitão branco e verificar com os próprios olhos e mente se poderia realmente confiar em sua fala. O homem branco tem duas bocas. Uma para fora, que diz o que ele quer que o outro escute, e outra para dentro, que diz o que ele quer mesmo dizer. Seu povo havia muito tempo sabia disso.

Mas agora seu povo está morrendo.

A penúria da grande seca seguida pelas águas do grande dilúvio tinha acabado com a roça, com a caça, com os peixes. Acabou com tudo. Seu povo estava morrendo de fome. Já não tinha a força necessária para enfrentar o homem branco. Precisava descansar de tanta guerra; precisava de trégua para se restabelecer.

Por isso, ele tinha vindo para verificar se na palavra da boca que fala para fora do homem branco teria nem que fosse um mínimo de verdade. Nem que fosse uma verdade passageira que lhes garantisse um tempo mínimo de descanso.

Para isso viera. Examinar e refletir sobre a palavra do homem branco.

O Grande Capitão, no entanto, o governador Dunluís, foi insistente e estava com pressa, não entendia que as coisas boas, as coisas certas, devem ser feitas devagar. Quis apressar a viagem de volta para chamar seu povo. E tanto falou com a teimosia grosseira dos brancos, que ele acabou entendendo: contra a pressa doentia daquele capitão pouco havia a se fazer. Concordou em mandar os guerreiros de sua guarda buscar Angraíocha e os outros caciques.

Mas Romexi não confia no homem branco.

Herdeiro da tradição panará, ele sabe que o mundo está dividido entre os panará e o outro, o inimigo. O povo dele é panará e não cayapó, como o branco fala. Cayapó é como falavam os da língua tupi e agora falam os brancos, mas eles não. Eles se chamam panará, como seus ancestrais.

Todos que não são panará são contra os panará.

Portanto, é difícil para ele chegar a uma harmonia de pensamento sobre a nova tática que seu povo estava sendo obrigado a adotar. Não está completamente certo se realmente devem se render. Mas a verdade é que alguma coisa, fosse qual fosse, precisa ser feita. Seu povo está morrendo. E ainda que seu coração não esteja completamente tranqüilo, tudo indica que a melhor decisão naquela hora é mesmo a trégua.

Essa guerra já vinha de tanto tempo que Romexi perdera as contas.

Desde o tempo dos seus pais. Quando menino, ele já vivia no meio dela. Sangrenta. Odiosa. Cruel. E só piorava.

Porque havia uma coisa de todo incompreensível no homem branco: eles não paravam de chegar. Em algum lugar devia haver uma fonte deles, uma fonte profundíssima que jamais secava.

Antes que os brancos chegassem, os panará viviam com tranqüilidade e contentamento no amplíssimo território dos ancestrais. Viviam em aldeias, cada uma com seu cacique. Dormiam nas choças de palha, espalhadas de forma circular, com a Casa dos Homens no centro do pátio, onde os homens adultos se reuniam para deliberar sobre os assuntos da aldeia. Alimentavam-se da caça, pesca e da plantação de milho, batata e legumes. Tinham inimigos, como os índios goyá, mas eram todos povos do mato como eles, mais fortes ou mais fracos, mas todos mais ou menos semelhantes.

Quando os primeiros brancos começaram a chegar, os mais velhos da tribo contaram que eram poucos. Eram grupos pequenos, que passavam rápidos como espíritos do mal e desapareciam.

Naquele começo, o povo panará celebrou muitas vitórias. Chegaram a pensar que tinham vencido, como já tinham vencido outros povos antes. Pensaram que tinham afugentado para sempre aquela tribo de estranhos de cor pálida. Estranhos fortes, com armas diferentes. Armas que matavam soltando um grito seco e desumano, e deixando no morto apenas um buraco miúdo, menor do que a ponta de um dedo.

E já haviam quase se despreocupado deles, e eles viraram histórias para se contar de noite, como tantas outras histórias dos tempos antigos.

De repente, no entanto, grupos dessa gente estranha começaram a aparecer de novo. Dessa vez com jeito de quem pensava ficar. Levantavam choças pelas margens dos ribeirões e passavam o dia tirando dos rios a areia amarela que chamavam de ouro. Pareciam ter uma vontade tão grande de catar esse ouro que era como se só vivessem para isso.

Desde então, não pararam mais de chegar.

E os que não ficavam nas beiras do rio, erguiam choças grandes e cercas compridas. Criavam bichos e faziam roças e queriam expulsá-los das terras onde sempre viveram. Pegavam seus grandes rebanhos de gado e iam entrando pelo território sagrado da nação panará. Sem cerimônia e sem pedir licença. Iam ocupando o santuário dos ancestrais, destruindo suas matas e reservas, sujando de sangue seus rios.

E vieram com seus feitiços de doenças que matavam mais do que os buracos dos pequenos dedos de fogo. Muita gente cayapó morreu nesses anos todos. Muita, demais. Romexi tinha perdido a conta. A última que morreu foi sua irmã, na aldeia branca.

Os que não morriam, eram feitos cativos. Forçados a fazer o que o homem branco não queria fazer. Cavar seus buracos, plantar suas roças, até tirar a areia amarela dos fundos dos rios. Aldeias inteiras. Aprisionadas como se fossem bichos domesticados do homem branco.

E não paravam de chegar, essa era de todas a coisa mais incompreensível.

A força deles estava nessa chegada incessante e isso não havia quem pudesse entender como acontecia. De onde é que eles vinham; em que colméias eram criados, em que formigueiros. Como é que cada vez apareciam mais e mais brancos. Se seu povo matava um só, unzinho, podia esperar que no lugar desse logo ia aparecer um monte.

Com o tempo, Romexi começou a perceber outra coisa.

Parecia que a fome dos brancos tinha aumentado. No começo, nos primeiros tempos, eles ficavam em volta de um mesmo lugar e se contentavam em expulsá-los dali. Não corriam atrás, não os perseguiam para muito além do lugar onde ficavam tirando a areia amarela. Não chegavam às aldeias.

Depois de uns tempos, no entanto, já não se contentavam em ficar só perto dos ribeirões. Agora que estavam trazendo mais gado, saíam procurando mais lugares por onde deixá-los pastar. E também para plantar suas roças cada vez maiores. Começaram a perseguir os panará até suas aldeias, obrigando-os a abandonar suas choças. A fugir, a fugir sempre para mais longe. Era como se agora não quisessem apenas matar ou afastar seu povo, mas expulsá-los para um lugar que nem existia de tão longe.

E já não vinham de uma única direção. Tinha momentos como agora, que as expedições de ataque dos homens brancos vinham de três lados. Das três capitanias, como eles diziam, que cercavam a grande terra dos panará. A capitania de São Paulo, a de Mato Grosso e essa, que eles chamavam de Goyáz.

Mas a nação dos goyá, os que antes, como eles, também habitavam esse território, embora fossem inimigos, esses estão acabando. É difícil, hoje, encontrar índios goyá por aí. Em seu lugar ficaram esses outros, os brancos, que quando chegaram, os goyá se aliaram a eles, mesmo sendo tão diferentes, dessa cor sem cor. E com esse poder das armas que matam de longe, e matam muito.

Depois, além de tudo, por cima dessa desgraceira toda, chegou o cataclismo de tanto tempo de seca esturricando as roças, os campos, as frutas. Destruindo ainda mais as reservas. Matando e enfraquecendo seu povo.

Romexi não tem certeza se foi castigo ou não, como alguns temem. Pode ter sido. Pode ter sido a enorme contrariedade do homem-sol com tudo que viu. Mas se foi castigo, foi para os panará e para os brancos juntos.

O sol esturricou tudo, não perdoou ninguém.

Na contagem do homem branco, dizem que foram três anos de estiagem. Sem chover um só dia. Para logo depois acontecer tudo ao reverso: ficar o mesmo tanto de tempo sem sol, só com chuva. O grande dilúvio.

Em toda a sua vida, Romexi jamais viu nada parecido com esses três anos de seca seguidos de três anos de chuva, a calamidade que destruiu toda a organização econômica dos panará.

Primeiro, as roças calcinadas, os campos de caça sem bichos, rios secos sem peixe, árvores ressecadas sem frutas. O sol arrasador queimando os campos abandonados pelos bichos. O ar ficando pesado e sem vida. As pessoas morrendo ressecadas e famintas.

Três anos assim. Depois, o oposto.

Chuva dia e noite, sem parar. Roças encharcadas, campos inundados. Os rios tornando-se violentos demais para a pesca, as árvores pingando o dia inteiro. Os brancos também sofreram como nunca. As chuvas destruíram os aluviões de ouro, afundaram minas, arruinaram a mineração.

Junto com as chuvas, vieram as epidemias que não poupavam os brancos, mas dizimavam sobretudo os índios. A varíola assolou a região.

Como resultado de tudo isso, o povo panará agora está faminto, está magricela, está feio. Se continuarem lutando, enfraquecidos como estão, a derrota será certa como a lua maléfica que mingua no céu.

Assim, quando chegou a proposta do Grande Capitão branco oferecendo comida e um local favorável para assentar a aldeia e viver em paz, os caciques se reuniram e refletiram. Talvez fosse uma atitude de sabedoria aceitar essa trégua. Teriam tempo para se recuperar enquanto viam até onde ia a "brandura" dos brancos. Viam com qual das suas duas bocas eles estavam falando dessa vez. Com a que fala para fora a mentira ou com a que fala para dentro a verdade.

O velho Romexi reflete ainda sobre outra coisa. Uma coisa longamente conversada e re-conversada junto ao foguinho triste da casa dos homens. Nas noites compridas desses últimos anos de padecimentos e derrotas.

Eles precisavam das ferramentas de ferro e das armas de fogo que só os brancos podiam fornecer. Precisavam de tempo para se fortalecer e conseguir tirar com jeito esses bens dos brancos. Não depender dos ataques e de seus resultados, cada vez mais desfavoráveis, para conseguir esses bens.

Era bom fazer a trégua para isso. Seria um tempo rápido, de descanso e fortalecimento.

Seus avós já haviam celebrado tréguas assim, só que com menos gente e menos aldeias. A paz nunca durava muito, mas lhes dava o tempo necessário para entender melhor a tática da guerra do homem branco. E para conseguir o suprimento de armas de que tanto precisavam.

Uma coisa era certa: se eles não aprendessem melhor a maneira como os brancos lutavam. Se não descobrissem de onde vinham tantos, quantos ainda viriam, o que pensavam, o que respeitavam. Se não soubessem qual era a verdade que a segunda boca deles escondia. Se não conhecessem melhor tudo isso, Romexi receava que seu povo estaria condenado. Morreriam todos como insetos pisados pelos cascos duros das botas e dos cavalos do inimigo

Por isso, esta noite, quando Angraíocha veio lhe perguntar, em volta da fogueira armada no meio do acampamento a céu aberto, na grande e imperscrutável cidade dos brancos, o que devia fazer, ele disse, Sim.

Sentado ali, sentindo o ar da noite, era fácil para um velho experiente como ele perceber o cheiro conhecido e pungente. Cheiro do suor do medo e do ódio recíproco. Um que nascia dentro das casas fechadas, e vinha misturado com o cheiro da pólvora pronta e engatilhada. E o outro que nascia ali mesmo a seu lado, em volta da fogueira, no grupo um pouco mais afastado dos muitos guerreiros que, entre eles, não aceitavam com tranqüilidade a idéia da paz.

Por isso tudo, quando Angraíocha lhe contou a proposta que o capitão-geral, o governador, tinha lhe feito aquela tarde, e pediu seu conselho, ele deu. Seu conselho era que aceitasse.

Era uma proposta inesperada, mas não havia o que temer. Aquela menina era diferente.

Desde o dia em que ela nasceu, Romexi soube que ali nascia uma panará de força, e teve uma visão. A menina cercada por uma névoa branca, no meio de um longo caminho. Não soube o significado do que vira, e não contara a ninguém. Guardara aquele conhecimento dentro de si para o momento exato. Mas pressentira o domínio de um destino extraordinário.

Agora chegava o começo daquele destino, e ele não hesitou em aconselhar Angraíocha a não temer deixar a neta na casa do governador. Como penhor da aliança e do afeto do compadrio que agora existia entre eles.

Seria ela, em carne e osso, o símbolo das boas intenções dos panará. Em outras palavras, seria uma refém — compreendeu Romexi — mas não importa.

Ela aprenderá a língua dos brancos, verá como eles vivem, entenderá o que eles pensam e descobrirá de onde vem seu grande poderio.

Esse conhecimento é necessário como o ar e a água para o povo cayapó. Necessário como o dia e a noite.

Para o bem do povo panará, ela pode e deve ir.

Angraíocha pediu-lhe então que se incumbisse de convencer Xineuquá, a avó da menina, que relutava a dar sua permissão. Temia que desgraças horríveis acontecessem com a neta, que já perdera a mãe em manhã de sangue na aldeia atacada. Angraíocha não queria enfrentar o descontentamento da mulher de quem conhecia bem o gênio e a força. Além disso, tinha outras coisas em que pensar e decidir.

Romexi respondeu que ficasse tranqüilo. Ele conversaria com Xineuquá e também com a menina.

Era preciso que ela soubesse exatamente o que seu povo esperava que fizesse.

Breve notícia da longa guerra

Naqueles dias de maio do ano de 1781, na cidade de Vila Boa de Goiás, Dom Luiz, Romexi e Angraíocha eram as figuras principais de uma guerra que começara muito antes deles.

Oficialmente, ela tivera início mais de 50 anos antes, em 1722, quando a bandeira de Bartolomeu Bueno da Silva, o Anhangüera, descobriu ouro na região da Serra Dourada

De fato, no entanto, o encontro das duas nações começara a acontecer desde antes, meados de 1500, quando várias expedições brancas passaram pelo território panará, no coração do país. Eram grupos pequenos que, em geral, chegavam pelos rios, em canoas leves, e espírito de conquista. E já sabemos o que pretendiam: descobrir tesouros, escravizar índios, o que conseguissem. Iam também movidos a lendas, como a do Sabarabaçu, a serra de ouro e pico coroado de esmeraldas. Ou a do Lago Dourado, cujas águas espelhavam o resplendor do leito cravejado de pepitas de ouro.

Essas expedições, formadas por aventureiros, alguns dos quais, ou muitos, talvez já estivessem ligeira ou completamente enlouquecidos pelas miragens desses mundos resplandecentes, encontravam apenas índios, cuja captura e escravização servia para compensar os custos das viagens. Com o aparato bélico que levavam, destruíam aldeias inteiras, aprisionavam os sobreviventes e os conduziam como escravos para São Paulo.

Eram esporádicas e passavam anos sem aparecer.

Depois, vieram as expedições bugreiras, já com o objetivo explícito de levar "peças" de bugres para vender no mercado de escravos. Não foram muitas — a lonjura protegia os índios — mas deixaram seu rastro de sangue, fogo e ânsias de vingança.

Assim, quando as minas da região foram finalmente descobertas, os primeiros combates dessa guerra já tinham sido travados. Os ódios estavam instaurados e, a qualquer contato, entravam em ebulição. E se algumas tribos indígenas do centro-oeste eram mais dóceis e fáceis de serem aprisionadas, como a dos goyás, outras, como a dos cayapós, respondiam na mesma moeda a qualquer avanço branco.

E foi justamente no território tradicional dos cayapós que descobriram as minas de diamantes e ouro. Compreendia o sul e sudeste de Goiás, parte do Triângulo Mineiro, parte do norte de São Paulo, o leste de Mato Grosso e leste e sudeste do atual Mato Grosso do Sul.

Acompanhando a descoberta do ouro, vieram as estradas: o Caminho de Cuiabá, no sertão de Camapuã, Mato Grosso, e o Caminho de Goiás, ligando a capitania a São Paulo. Imediatamente, se tornaram foco dos ataques indígenas e um cenário de grande violência armou-se no cerrado, com a ordem vinda de São Paulo de se fazer "guerra de extermínio aos bárbaros".

Ataques de ambos os lados sucederam-se ininterruptamente ao longo dos anos.

E ainda que os indígenas tivessem algumas vitórias isoladas, a superioridade tecnológica do poderio branco fez a mineração avançar, tornando mais necessário manter as áreas conquistadas e os caminhos "limpos" e "desinfestados". Era o tempo da chamada Lei da Guerra Justa, quando os brancos estavam autorizados a se defender quando atacados.

A força militar convocada pela Coroa variou bastante nesses anos todos, mas sempre foi considerada insuficiente. Para complementá-la, era comum contratar o serviço de brancos "mateiros", especializados no combate aos índios. Um dos contratados, naquele momento, foi o famoso caçador de índios de Cuiabá, de nome Antonio Pires de Campos, alcunha Pia-Pirá. Seu exército particular era formado de índios bororos, inimigos tradicionais dos cayapós.

A estratégia de aproveitar as divergências entre grupos indígenas era considerada prática e econômica. Não tirava trabalhadores da mineração para compor o exército e, na falta de armas, o contingente especial sabia usar arcos e flechas. Além disso, todo o exército podia se autosustentar com a caça e pesca por conta dos próprios índios, e a Fazenda Real economizava em armas, roupas, alimentação e alojamento.

As batalhas do capitão Pia-Pirá e seu exército ficaram famosas pelo motivo que, em geral, fazem as batalhas famosas: a ferocidade. Respaldado pelo argumento de que "estava reagindo às hostilidades", ele avançava sem vacilações sobre as aldeias cayapós.

Nos ataques de surpresa, geralmente nas madrugadinhas claras, de repente o céu, que mal começara a se abrir, de novo se escurecia com as flechas e estampidos das armas de fogo, entre cheiros de pólvora, fumaça e sangue, e os gritos de ódio de ambos os lados, gritos de pavor das mulheres e crianças, gritos de dor dos feridos.

A gritaiada da guerra não tinha nada de bonito.

Na verdade, não havia beleza nas batalhas cruas do cerrado. Nenhum dos lados vestia nenhuma parafernália vistosa, nem uniformes bonitos, nem se postavam em campos, digamos, cinematográficos. Nem marchavam um para o outro daquele jeito estudado das guerras européias ou orientais.

A estética, nesse tipo de guerra, era outra.

As artes marciais estavam em seus primórdios por aquelas bandas, fosse qual fosse o lado. Mesmo Pia-Pirá, o comandante do exército mais bem equipado, com sua barba crescida e maltratada, e as roupas imundas de capitão-do-mato, mais parecia um monstro mitológico, e sua única preocupação era aterrorizar e vencer.

Do lado dos cayapós, a pintura de guerra não era para embelezar, mas para evocar força e coragem, e sobretudo servir como disfarce. Eles se cobriam com o preto opaco do jenipapo e carvão para que suas peles não reluzissem na escuridão do mato. A coreografia da guerra acontecia sobretudo antes, na dança ritual do ataque ou, depois, na dança da vitória.

Na hora do enfrentamento, se o ataque partisse deles, e a surpresa estivesse do seu lado, a preocupação era uma só: não provocar sequer o farfalhar de um ramo, nem o mínimo estalido de um graveto, nem mesmo o imperceptível ruído do roçar em uma só folha de árvore, para que pudessem chegar invisíveis e inaudíveis e aplicar, bem no centro do crânio da vítima, a força tremenda da borduna.

Eram famosos por isso.

Pela maneira precisa de usar a borduna: um tipo de clava ou pau com uma extremidade bem trabalhada. Sabiam aplicá-la de pertinho ou à distância com pontaria tão certeira que pareciam atraídas, tal qual um ímã, pelos miolos da cabeça da vítima.

Essa borduna famosa dos cayapós tinha pouco mais de sessenta centímetros de comprimento e era feita com um pau especial. Era roliça na parte de baixo, para acomodar bem a mão que a manejava, e espalmada como um remo na outra ponta, para rachar com precisão seja o que for que estivesse a sua frente, sobretudo crânios. Para completar — e nisso sim, eles se deleitavam com esmerada preocupação estética — ela era toda enfeitada, com cascas de vários tipos de árvores e arbustos tecidos com a delicadeza com que se tece uma esteira. Sua descida sobre alguma coisa, quando um cayapó assim o queria, era fatal.

Também eram famosos pela pontaria das flechas que lançavam para o alto, em curva. Um guerreiro cayapó sabia manejar com extraordinária perícia o arco de quase dois metros de comprimento, retesando-o em meio círculo e arremessando a flecha em flamejante parábola que atingia com exatidão o objetivo almejado.

Não obstante essa perícia toda, a primeira expedição de Pia-Pirá foi considerada um "sucesso" e por um breve momento, depois da grande matança de índios, os caminhos da capitania pareceram "desinfestados".

Sucesso provisório, no entanto.

Os cayapós, naquele momento, ainda eram os mais numerosos, e sua cultura e seus costumes eram de combate e enfrentamento. Era um povo criado para guerrear. Não demorou muito para que se restabelecessem e os ataques recomeçassem. O cerrado continuou a mesma zona de guerra e de perigo.

Quando o primeiro governador autônomo da Capitania de Goiás, Dom Marcos de Noronha, chegou em 1749, todas as diretrizes que trazia supunham a conquista dos cayapós, pois era no território deles que elas deveriam acontecer: a exploração das minas de diamantes; o estabelecimento dos limites da nova capitania; a intensificação das comunicações com as minas de Cuiabá. E embora as instruções explicitassem claramente a necessidade de se utilizar "suavidade e persuasão", a legislação não proibia a guerra se dela houvesse necessidade. Necessidade que, em terra tão distante e sem fiscalização, dava margem a todo tipo de interpretação subjetiva ou interessada.

Como foi a interpretação do recém-chegado governador que, outra vez, contratou o capitão Pia-Pirá e seu exército bororo. E outra vez ele chegou ao cerrado, empreendendo, com seus quinhentos "soldados índios", mais dois anos de verdadeiras carnificinas.

Até que chegou seu dia. O dia em que foi ele a morrer flechado na batalha.

Certamente não foi dor o que o temível Pia-Pirá sentiu naquele milésimo de segundo em que uma das famosas flechas cayapós perfurou-lhe o esterno e se fincou em seu peito.

A perfuração da ponta afiada e veloz não dói.

A adrenalina do combate anestesia o corpo, isso todo mundo sabe. Mas antes sequer de poder ver ou sentir a comichão da carne obrigada a ceder caminho, Pia-Pirá deve ter escutado o zunido fininho e quase imperceptível da flecha confeccionada com o esmero e requinte da técnica cayapó.

É uma técnica secular que une com fibras de madeira pequenos segmentos de taquara de trinta centímetros até chegar ao tamanho da flecha desejada; a ponta é feita de um junco que os guerreiros vão buscar em lugares que só eles conhecem. Essas pontas, também de trinta centímetros, são entalhadas com minúsculas farpas, criando uma espécie de contrapelo quando se trata das flechas para matar macacos ou inimigos, para que eles — macacos ou inimigos — não possam retirá-las da ferida.

Foi o zunido de uma dessas flechas mortalmente fabricada e arremessada pelo braço poderoso de um guerreiro cayapó que Pia-Pirá deve ter escutado — da flecha que venceu célere o ar e rasgou sua carne e perfurou seu osso para se fincar ali, bem ali, de onde, cortesmente, só sairia depois que a vida saísse primeiro, abrindo caminho pelo traçado de morte que ela acabara de lhe riscar no peito.

O que terá dito o grande e invencível Pia-Pirá nesse milésimo de segundo em que percebeu que a morte chegara e que também para ele era possível?

— Demônios desgraçados! Índios dos infernos! Me acertaram!

Morto Pia-Pirá, outros capitães-de-mato chegaram e os combates continuaram.

Nessa guerra sem fim, os ataques dos cayapós — e isso também já se sabe — não eram menos terríveis. Conhecidos por não fazerem reféns, atacavam as fazendas e matavam homens, mulheres e crianças. Atacavam barcos, comboios, lavouras e minas. Eram "bravos", podia-se dizer, e essa era a qualidade que mais prezavam.

Foi nessa guerra que os cayapós adquiriram sua fama de "o mais bárbaro e indômito de quantos indígenas produziu a América".

E enquanto as leis da Coroa ora cediam aos princípios de persuasão, ora autorizavam os ataques, índios e brancos dançaram esse baile variado e contrastante, entre a "guerra justa ofensiva" e a "guerra justa defensiva", entre a proibição de se fazer escravos e os escravos de fato sendo vendidos no mercado de Vila Boa, entre a teoria da "suavidade e da brandura" no trato com os índios e a prática cruenta dos capitães-do-mato contratados, como Pia-Pirá e muitos outros.

Mais tarde, quando veio o declínio da mineração, uma nova forma de ocupação começou, piorando mais a situação. Como enxames, a população começou a se espalhar para outras regiões da capitania, em busca de terras para as atividades de pecuária e agricultura. Já não bastava empurrar os índios para longe dos pontos de mineração. Era preciso expulsá-los definitivamente para dar lugar aos rebanhos.

A essa altura, a força militar de Vila Boa era composta pela Companhia ou Regimento dos Dragões, formado por soldados profissionais de cavalaria, cujo número variava, nunca passando de oitenta homens; e a Companhia de Infantaria, que tampouco tinha mais que oitenta componentes.

Os tempos haviam mudado e já não era possível contratar os capitães-do-mato, por isso formaram também uma Companhia dos Pedestres, um corpo auxiliar que assalariava homens pobres e sobretudo mestiços, armados apenas de espada, e com o objetivo expresso de defender a população dos ataques indígenas.

Essa era a guerra interminável que Dom Luiz da Cunha Menezes encontrou ao chegar.

Como novo governador, ele tinha vindo pôr em prática a ilustrada política do Marquês de Pombal: "povoar e produzir". Sua missão era convencer os índios a viverem em paz nos "aldeamentos", onde, "civilizados e catequizados", se transformariam em elemento povoador e mão-de-obra para a capitania.

É o sucesso da aplicação dessa política que Dom Luiz agora comemora, sentado na varanda do Palácio, olhando suas escravas aprontarem a pequena princesa cayapó.

Vida branca

Sentado na única cadeira de couro verdadeiramente confortável da varanda de seu palácio, Dom Luiz, muito bem-humorado, observa as escravas aprontarem a menina índia. A "princesinha tapui", como dizem as jovens escravas, rindo.

A nobre princesa dos índios mais selvagens e hostis de que já se teve notícia, ali na sua casa, virando branca — o governador também sorri.

Ao chegar com a menina ao palácio, fizera um pequeno discurso para o pessoal de casa:

— Estão vendo esta criança? É da família real dos hoje aliados nossos, o povo cayapó. É neta do grande cacique Angraíocha, tem nobreza de berço. Além disso, é minha afilhada. Quero que seja muito bem tratada. Quero que aprenda as maneiras civilizadas e a nossa língua. Que seja educada na religião cristã, com todos os seus preceitos. Quero que aprenda também a fazer o que normalmente uma mulher faz: bordar, fiar e tecer no tear. Estão todos vocês incumbidos da educação dessa menina de origem ilustre e de respeito. Ela deve ser um exemplo do que pode fazer a civilização. Mais tarde certamente nos será de grande ajuda.

Mesmo antes de terminar seu pequeno discurso, no entanto, Dom Luiz se dera conta do impossível que pedia à sua atenta mas inadequada platéia. Sua casa, é preciso que se diga, não era nenhum modelo de domesticidade familiar. Como quase todas as autoridades enviadas na época para Vila Boa, ele viera só. Em geral, as famílias dos que recebiam a ordem de colonizar a capitania sequer pensavam em vir para tais lonjuras ermas, de pobreza e desconforto, clima insalubre, mosquitos, sol escaldante, doenças desconhecidas e, pior que tudo isso, "infestadas de índios", os mais bárbaros e selvagens de que já se ouvira falar — ninguém nunca se esquecia disso.

As autoridades — salvo as exceções de praxe — vinham na esperança de poder aumentar seu prestígio na Corte com algum feito notável — como o que Dom Luiz acabara de fazer. Vinham também, evidentemente, com o intuito de se enriquecer no período mais curto possível. Em nada se sentiam compromissados com a região nem com seu povo. Mesmo os que vinham munidos de bons planos e, quiçá ainda melhores intenções, na maioria das vezes se frustravam amargamente com as dificuldades e terminavam desistindo de tudo — para que não acabassem desistindo da vida —, e partiam insatisfeitos.

Assim, no palácio de Dom Luiz — a rigor, apenas uma grande e confortável casa térrea, a melhor da cidade para os padrões da época, especialmente construída para os governadores mas sem os luxos costumeiros das sedes de governos nas metrópoles — não havia uma dona-de-casa, uma assim chamada mãe de família. Era um palácio masculino onde suas jovens e temporárias amásias não podiam e nem ousavam aspirar considerar-se donas. Das Dores, a leitosa amásia do momento, estava sentada a seu lado, mais preocupada em ajeitar o decote ousado o suficiente para exibir o colo perolado do que propriamente prestar atenção às palavras que estavam sendo ditas. Não poderia ser, portanto, de seu ponto de vista, nem de longe, o lugar mais apropriado para educar uma criança, muito menos exemplarmente, como pretendia.

Que educação a escravaria e as amásias poderiam dar a essa menina?, era o que ele se perguntava agora, um tanto confuso pela insensatez de um plano que minutos atrás, na grande euforia em que andava desde a manhã de rendição dos cayapós, lhe parecerá não só exeqüível, como brilhante. Essa gente rude e, ela própria, convenhamos, sem modos e sem educação?

Se quisesse realmente que a menina aprendesse alguma coisa que prestasse teria de tomar outras providências. Mas será que valia a pena o esforço?

Não convinha exagerar e, definitivamente, não precisava arranjar mais sarna para se coçar. Sua idéia fora digna do gênio estratégico que ele almejava ser, e de fato era, como sem dúvida acabara de demonstrar ao conseguir a proeza nunca assaz louvada de pacificar os cayapós, mas que não lhe trouxessem mais amolação. Idéias brilhantes assim eram inexeqüíveis naquelas paragens. Mais uma demonstração do quanto ele estava sendo desperdiçado ali.

Além disso, há que se reconhecer, a menina viera na verdade como uma garantia de paz com seu avô, enquanto os guerreiros e a aldeia em peso se dirigiam provisoriamente ao aldeamento de Mossâmedes, e negociavam um outro local definitivo onde pudessem ficar — Angraíocha insistira e fazia questão de escolher ele mesmo um local que fosse adequado às necessidades de seu povo e não aceitaria ficar onde outras tribos tradicionalmente inimigas já estavam aldeadas. Dom Luiz, respeitoso estrategista — respeite seus inimigos que eles também o respeitarão —, viu-se obrigado a concordar, e era com isso que tinha de se preocupar agora, e não com problemas de educação infantil.

Contanto que a menina aprendesse o português e os fundamentos da religião cristã, já era o bastante. Ele faria sua parte de conservá-la ali, tratá-la bem, mas que não lhe pedissem milagres, que ele nunca fora santo. E se era um homem só, que diabo!, não havia nada que pudesse fazer. Se não fosse sua responsabilidade como autoridade máxima daquela cidadezinha mequetrefe, jamais teria uma criança em casa. Que o vigário se encarregasse da educação da menina, se quisesse. Coisa de que duvidava muito pois bem sabia que aquele padre não queria nada com catequese — ele próprio o dissera claramente inúmeras vezes. Que não se ordenara padre para cuidar de selvagens. Para quê, então, se ordenara, isso ele não dissera, embora Dom Luiz tivesse lá suas desconfianças.

Mas agora ali estava ele, sentado, para ver suas ordens começarem a serem cumpridas, na medida do possível.

E nos limites estreitos do que era esse possível, as escravas, primeiro, lavaram a menina na bacia, esfregando para tirar as pinturinhas brancas, não muitas, que ela trazia no rosto e no corpo, e também o que a princípio pensaram que poderia ser uma tinta vermelha impregnada em sua pele para dar aquele tom moreno avermelhado. Passaram o sabão de sebo feito em casa e usado por elas, não pelo governador, e esfregaram com força a bucha que uma delas fora apanhar no pé no quintal.

Depois, vestiram-na com o camisão de algodão branco, que outra escrava buscara na casa de Dona Espenciére, mãe de vários filhos pequenos e que certamente teria um camisão extra para emprestar para a afilhada do governador. Pentearam seus cabelos que só não davam inveja de tão lisos, volumosos e negros porque não era a moda da época, e eram duros e sem graça de pentear, as escravas acharam.

Uma delas quis tirar os brincos de pau das orelhas da menina e nelas colocar um brinquinho de ouro que Dom Luiz mandara buscar entre as jóias que guardava para presentear suas preferidas, mas não. Esses adornos tribais que desde recém-nascida sua mãe colocara no lóbulo de suas orelhas depois de furá-las com um pedacinho de osso afiado como agulha, isso não houve meio da menina deixar tirar.

— Eisse, óia, é mais bunito, fia, óia! — A mucama lhe disse, rindo alto e mostrando os dentes que, tantos e tão brancos, em contraste com a cor negríssima da pele que Damiana via pela primeira vez naqueles dias, assombraram a menina.

Mas ela fincou pé. Aquele adorno que a cada vez que sua avó Xineuquá fosse visitá-la trocaria por outro pedacinho de pau maior era sagrado. Dom Luiz não entendeu a recusa, mas não deu importância, com o tempo achou que ela aceitaria.

Das Dores, vendo ali mais uma oportunidade, arfou os seios e lhe sorriu:

— Se ela num quer, dá pra mim?
Dom Luiz deu, deixando a mão direita tocar os seios arfantes.

E assim, banhada e vestida com a roupa branca de algodão improvisada pelas escravas, Damiana foi incorporada ao pessoal da casa do governador. Arrumaram uma esteira para que dormisse no quartinho perto da cozinha, junto com a mucama encarregada dos serviços noturnos. Nas primeiras noites, custou a dormir e a escrava a seu lado, com pena, ouvia seu gemidozinho e seu balanceio noturno na tentativa de se consolar da saudade dos parentes. A jovem escrava por um momento pensou em se aproximar e acarinhar a menina. Mas e se de repente, sei lá!, a menina lhe desse uma mordida? Com tanta coisa que diziam desses tapuí! E se a mordida dela tivesse veneno? Melhor deixar pra lá. O tempo acabaria emudecendo as gemidos dela.

*

Até o padrinho por fim conseguir a transferência para as Minas Gerais, Damiana viveria em seu palácio em Vila Boa. Bem tratada por alguns, ignorada por muitos, desprezada pela maioria, e temida por um ou outro.

Praticamente não fazia nada, a não ser de vez em quando ir para o catecismo e para alguma demonstração de tecelagem e fiação.

O que fez, na verdade, e muito bem, durante esse tempo, foi observar e tentar entender a vida dos brancos e a sua cidade. O que Romexi lhe disse para fazer ali. Aprender a língua e as maneiras do homem branco. Abrir seus olhos e seus ouvidos de panará e ver e escutar o que fazia e como fazia o homem branco.

Só isso. Era o que Damiana fazia o dia inteiro.

*

Sentada nos degraus do palácio de Dom Luiz, ela olha a cidade. As casas de Vila Boa espalham-se pelo vale, cercadas pela serra de altura desigual, coberta da mata verde-escura à beira das águas enlameadas do Rio Vermelho. De quase todos os pontos da cidade, vêem-se o cume nivelado e as encostas acinzentadas da Serra Dourada, senhora da região.

A menina passa horas ali, espiando.

Os olhos já não são as estrelas negras que brilhavam naquela manhã do grande encantamento com a cidade dos brancos; agora são mais como duas pequeninas lagunas escuras, redondas, úmidas. Mas não deixam nenhuma dúvida a quem passa na frente deles que são olhos, e que estão vendo. Em muitos, chegam a provocar um temor inexplicável — e esses passam reto, fingindo não enxergar nem os olhos nem a criança sentada no degrau da escada.

Os soldados, por exemplo, chegam e se revezam, passando por ela sem dar sinal de tê-la visto.

É quase sempre assim: sua pequena figura, vestida com a bata de algodão comum que as crianças usam, parece ter adquirido uma invisibilidade específica, a invisibilidade que tem alguém que ninguém deseja ver.

Desde que veio morar com o governador e sua escravaria e suas jovens visitantes noturnas, a menina índia tem toda a liberdade. De fato, passada a novidade, ela ficou praticamente entregue a si mesma, pois o *entourage* de Dom Luis tinha mais o que fazer.

Fica lá sentada e quieta na escada da frente do Palácio. Fica olhando para a praça do Terreiro do Paço, com a Igreja Matriz de um lado, e as casas importantes da Fazenda Real, a Intendência do Ouro.

Depois de olhar todos os pormenores dessa praça menor e mais cheia de gente, ela vai até a praça maior, o quadrilátero alongado na encosta da colina, sem calçamento e coberta de capim. Ali, na parte mais elevada, está a Casa da Câmara, de dois pavimentos, o de baixo reservado à Cadeia Pública. Pelas grossas grades de ferro da janela, onde ela sobe, pode ver os presos. Esses, sim, costumam enxergá-la, e muitos até conversam com ela. Acham curioso ver uma criança cayapó zanzando livre pela cidade dos brancos.

Perto, tem o quartel. A menina fica acocorada num canto da calçada ou trepada no muro ou num galho da árvore mais próxima, apreciando o movimento das tropas, os soldados com os sabres retinindo ao sol, e a cavalaria colorida dos Dragões, os cavalos relinchando e tinindo os cascos nas pedras do calçamento. Fica um longo tempo observando a movimentação.

Do outro lado, as casas térreas de barro e, no meio da praça, o chafariz de pedra com três bicas e tanques para animais. Escravas e escravos estão sempre por ali, pegando água, e algumas das mulheres puxam conversa com ela. Outros a olham com o mesmo desprezo que enche os olhos das senhoras brancas que a vêem na igreja. Zaqueu, por exemplo, o escravo que tem um terror visceral dos índios que insiste em chamar de *tapui*, aproveita para descontar nela seu pavor:

— Eeiii, princisinha tapui. Quantus homi seu pai cumeu?

E dá uns beliscões doloridíssimos no braço magrinho da menina e faz umas caretas como se remedando seu povo, põe a língua roxa para fora da boca, cospe. Diz que tapui, o nome dos parentes dela, quer dizer "cara de macaco".

O povo todo em volta da fonte ri.

Por isso, quando ele e outras pessoas como ele, que ela já sabe quem são, negros ou brancos, estão por perto, ela não se aproxima. Fica olhando de longe.

Fica olhando de longe, mas não sabe exatamente por quê. Não sabe por que as pessoas riem tanto quando Zaqueu diz que o nome do seu povo quer dizer "cara de macaco". Muitas vezes, ela até ri junto, porque tem o riso fácil de índia no rosto, mas não sabe por que ri. Ri por que todos riem. Na sua aldeia, ela também ri quando as pessoas riem, mas é por que então lhe dá vontade de rir. Aqui, não. Muitas vezes ri só porque as pessoas estão rindo, e ela acha que tem de rir também, mas tem de forçar a vontade.

Nos primeiros dias, Damiana deve ter andado pela cidade inteira, olhando uma por uma todas as suas ruas, becos e casas. As casas, na época por volta de umas seiscentas, são na maioria muito simples, de adobe, o povo é pobre e rústico, mas a menina vê tudo como manifestação de um poder incompreensível. Volta cansada das andanças, os olhos alagados das coisas que viu. Nas casas mais abastadas, as janelas são coloridas, envidraçadas com a mica encontrada na capitania, e ela passa horas acocorada na frente de uma delas, observando o raio do sol bater em cada fragmento e lhe modificar a cor.

A maioria do povo da cidade é de cor preta e mulata. E durante o dia ela só vê homens nas ruas. As mulheres brancas de Vila Boa não saem de casa enquanto há claridade — só as escravas. As mulheres brancas só saem quando é noite, envoltas em mantas, como se escondidas.

Na grande praça, tem um outro palácio, o do vigário, mas lá ela não pode ir porque ele e Dom Luiz estão brigados. É talvez o único lugar aonde não lhe é permitido ir. Só encontra o vigário na igreja, para as aulas de catecismo, mas só de vez em quando, porque essas aulas dependem muito dos afazeres e humores do padre. Nas manhãs em que ele se lembra da menina índia, ou se dá conta de que é importante catequizá-la — embora ela seja muito nova e muito selvagem, ele tem certeza, para entender as complexidades da doutrina católica, mas seja o que Deus for louvado! —, o vigário manda chamá-la.

Faz, então, com que passe vários dias indo todas as manhãs às aulas, ministradas com seu método próprio e muito pragmático de catequese. Só é preciso que Damiana repita e guarde na memória o que ele fala.

A teologia por trás desse método é, na verdade, bem ortodoxa: a fé é um dom que Deus, o próprio, dá ou não dá a alguém. Não é, portanto, assunto da alçada do seu representante na terra. O que cabe ao vigário é dar os elementos para que, quando Deus em sua infinita sabedoria decidir ou não dar o dom da fé à selvagenzinha, ela então compreenda.

Desde a primeira aula, portanto, ele foi bem claro:

— Não precisa se preocupar se não compreender, menina. Muito menos perguntar. É só repetir e guardar bem guardado. Um dia, quando você acordar, vai ver que tudo isso que lhe ensinei vai parecer tão claro quanto a luz gloriosa das manhãs que Deus dá ao mundo. Até lá, é só não esquecer nada do que lhe digo.

Logo, porém, ele se cansa do esforço que bem no âmago do seu âmago acha inútil — "de tigre só nascem tigres, de bugre só nascem bugrinhos", como se dizia — e passa várias semanas sem dar suas aulas, até que em outra bela manhã, em novo estertor da necessidade de aumentar a glória divina, manda buscá-la para retomar outra vez o grande esforço de lhe ensinar. Por mais que tente, no entanto, sabe que sua vocação não é de catequista — coisa que nunca escondeu. Às vezes não compreende realmente o que veio fazer ali, em plena região de bugres, e com aquele governador que tenta por todos os meios usurpar sua autoridade legítima de representante único da Igreja de Cristo nessa terra de desclassificados e pouco tementes a Deus.

Depois da última briga, inclusive, Dom Luiz teve a petulância de proibir por ordem expressa sua entrada — a entrada do legítimo representante da Igreja, Deus seja louvado! — no palácio do Governo. Em revide, ele mandou avisar que não daria mais aulas para sua afilhada. Estava encerrada a questão.

A frouxidão moral daquela cidade estava acabando com seus nervos. O único lugar em que conseguia verdadeiramente respirar era entre as flores mudas e dóceis do jardim de seu próprio palácio, e há muito ele vem acalentando a idéia de mudar de vez para a fazenda comprada recentemente, e onde também mandara plantar um delicioso jardim que já começava a florir. Pronto, acabava de decidir: era o que faria, na próxima temporada de maio, junho, quando a florada daquela incompreensível terra parecia transformar certos recantos em pequenos e doces paraísos celestiais. Pois nisso, de fato, a terra era pródiga, embora a princípio talvez nem parecesse, mas o olhar acostumado aprendia a detectar: ali havia flores que ele nunca vira em outro canto.

Talvez fosse esse o destino que Deus reservara àquela parte de sua criação que parecia desprovida de tudo: no meio daquele nada brotavam flores raras, como a delicada canela-de-ema, uma de suas favoritas. Era uma planta que, em seu humilde modo de entender, ostentava com garbo a perfeição divina na delicadeza dos seus ramos formando várias e miúdas forquilhas, e na coloração roxo-azulada de suas flores de tufos que se ondulavam à leve passagem da brisa matutina ou vespertina.

Felizmente, aquela terra sabia lhe dar esses prazeres. Porque, de resto, era só aborrecimento.

Ainda não se recuperara de todo da última briga com o endemoninhado — que o bom Deus o perdoe! — governador de uma figa. Quase tivera uma síncope ao ter de sair praticamente correndo pelas ruas mal alinhadas da cidade com o Santíssimo Sacramento debaixo do braço. Isso não se faz com um servo do Senhor da sua idade! Ainda não se recuperara de todo do que fora um verdadeiro acinte à sua autoridade, um desacato absurdo. A Irmandade de São Benedito sabia muito bem que o caminho por onde devia passar com sua procissão estava determinado — e muito bem determinado — havia *secula seculorum*. Só lhes era autorizado passar por tais e tais determinadas ruas, e pronto! Querer mudar isso significava querer mudar muito mais, não se podia admitir, o trajeto de uma procissão é coisa sagrada que não se muda ao bel-prazer de uma irmandade.

Se aos escravos se lhes permitem começar a mudar o trajeto de procissão, aonde iremos parar? Por que cargas-d'água, afinal, iriam querer uma extensão maior? Quem eram eles para querer uma extensão maior? Que pretensão desmesurada era aquela de passar pelas ruas principais, por qual motivo, Meu Santíssimo?! Uma procissão de negros, veja bem a petulância!

E o governador mequetrefe, governador das amásias dele, resolve apoiar o pedido dos negros e se opor a ele, o vigário que fala em nome de Deus, o único e legítimo representante da Santa Madre Igreja na cidade. Um acinte, sim senhor, e que acinte!

Mas ele fez o que mereciam.

Dá uma risadinha mofina lembrando-se de como deixou a procissão em maus lençóis, chegando de repente e pegando o Santíssimo Sacramento e correndo com ele direto para a Igreja Matriz, onde entrou quase sem fôlego, mas ainda esperto o suficiente para passar a tranca na porta. E assim deu fim à procissão e à rebeldia!

Ora, pois, se ele ia permitir o desacato!

Portanto, desde a famosa briga, há várias semanas, a menina não tem aulas de catecismo. Agora, além das tardes, passa também as manhãs zanzando à toa pela cidade.

Seu espírito está predisposto e atento. Ela faz exatamente o que seu povo espera que ela faça: deixa seus olhos e ouvidos panará abertos para que tudo possa entrar por eles e assim, um dia, ela consiga entender aquele mundo tão diferente do seu.

E não é nada que ela tenha de fazer forçada.

Gosta de estar ali. Gosta de caminhar pela cidade. Gosta de entrar nos lugares que pode entrar, como nas igrejas. São sete as igrejas da vila, e ela acha todas bonitas, mesmo a que fica mais retirada e é a menor, e só tem uma cruz de madeira pintada de amarelo desbotado e a espécie de pequena choça de madeira azul e branca onde o vigário lhe disse que mora o espírito de Deus, e onde tem uma pomba branca levantando vôo bem em cima. Gosta dessa também, mas a sua preferida é a preferida de todos, a maior e a mais enfeitada, a Igreja de Nossa Senhora de Santana, a avó dos brancos, como Xineuquá é sua avó.

É nessa igreja que o vigário lhe dá as aulas de catecismo, quando tem tempo e não está brigado com seu padrinho. É lá que ela se senta à frente dele, em um banco da sacristia, e o vigário vai lhe contando as histórias que ela gosta de escutar. São como as histórias que Romexi e Angraíocha contam. São histórias bonitas.

O vigário diz:

— Tudo que existe no mundo foi Deus quem fez, minha filha.

Ela entende perfeitamente isso. Já sabia da existência do Grande Espírito. E aqui tem o Pai, o Filho e a Pombinha. É linda a pomba, é de quem mais gosta. E gosta também, muito, da imagem da Nossa Senhora, a Grande Mãe. Sua pele cor-de-rosa, os adornos dourados, os mantos coloridos, tudo é de uma beleza que enche seu coração de menina. Se pudesse, passaria horas só olhando para a grande mãe de todos os homens brancos. O vigário deixa que ela fique olhando, e diz:

— Pode olhar, minha filha. É muito bom olhar para Nossa Senhora. Faz bem para a vista e a alma, apreciar toda essa misericórdia divina. Pode ficar olhando e, enquanto olha, vai rezando a Salve Rainha que você já sabe de cor. Reze a oração da Virgem, depois pode ir embora. Amém.

E se afasta, escutando a vozinha começar:

— *Salve Regina, Mater Misericordiae, vita dulcedo et spes nostra, salve.*

Damiana acha tudo muito bonito. Na sua aldeia todos gostam de coisas bonitas. Ficariam encantados com a imagem colorida dessa mãe.

Às vezes o vigário se anima, achando que Deus é tão grande e misericordioso que pode certamente conceder sua graça à menina selvagem. Foi o que aconteceu no dia em que lhe contou a história da Paixão de Cristo, e lhe mostrou a grande imagem de Jesus pregado na cruz com suas sete chagas, a imagem em tamanho real que participava da procissão da Sexta-Feira Santa, e a menina, de repente, começou a dar os gemidinhos agudos, ui! ui! ui! que aprendera a dar em sua aldeia nos rituais das escarificações.

O vigário imediatamente entendeu aquilo como um choro profundamente sentido provocado pelo sofrimento de Cristo.

E à medida que ela aumentava o tom dos lamentos, ele ficava cada vez mais impressionado com a fé precoce de Damiana, chorando assim com tanto sentimento e se balançando, inconsolável, para lá e para cá.

Nesse dia, emocionado pelo milagre que sua catequese estava operando na cabecinha selvagem, o vigário resolveu passar pelo palácio, numa tentativa de paz. Contaria a Dom Luiz sobre a fé da sua protegida e, de passagem, aproveitaria também para acertar alguns assuntos que precisavam da interferência, isto é, de doações das autoridades, como a pintura de que três das sete igrejas estavam precisando, e outras pendências menores.

Damiana passou três anos morando na casa do governador, aprendendo tudo o que podia aprender. Era um bichinho esponjoso chupando o ar — rarefeito para alguns, mas para ela carregado — de civilização ocidental.

O padrinho estava sempre envolvido com os assuntos de governo. Por longos tempos, parecia se esquecer completamente da criança que morava em sua casa.

A maioria dos brancos, quando a enxergava, era para dizer, Xô, Xô daqui, como faziam com as galinhas e os bichos caseiros. Muitas das escravas também a tratavam assim.

Claro que havia exceções, mas às vezes era preferível nem haver.

Como era o caso da velha Sustrute, que morava numa ruazinha perto do palácio. Era uma velha papuda — Damiana nunca tinha visto gente com aqueles pescoços grossos que agora via — e fazia serviços na casa paroquial. Uma tarde a velha foi perguntar a Dom Luiz se a bugrinha podia ajudá-la a lavar as roupas do padre. Dom Luiz ia dizer que sim, claro, mas pensou um pouco e disse não, Essa menina não é escrava, Dona Sustrute, ele explicou. Se a senhora quiser, pode ensiná-la a lavar a roupa branca, mas é só para ensinar, não é para colocá-la lavando as roupas no seu lugar, estamos entendidos?

Dona Sustrute foi embora. Passado um tempo, voltou com outro pedido.

Se a menina podia ajudá-la a limpar a casa dos padres.

Dom Luiz respondeu, Não, Dona Sustrute, já lhe falei que essa menina não é escrava. Deixa ela aí sossegada.

A velha deixava passar uns dias e outra vez voltava para perguntar a Dom Luiz se a menina podia ajudá-la a pegar lenha ou tratar dos porcos ou varrer o quintal.

As escravas riam e já brincavam:

— Lá eivém Dona Sustrute, Damiana. Corre!

E Damiana saía correndo e desaparecia. Era só ver Dona Sustrute apontar na rua, que a menina disparava e sumia da vista. Pois o que nunca tinha contado para ninguém é que a velha papuda, sempre que conseguia se aproximar, tentava puxar sua orelha para tirar seu brinco cayapó. Ela se enroscava e conseguia se livrar das garras da velha que, no entanto, tinha a força de um gavião e, quando agarrava a orelha da menina, deixava-a como se tivesse pegando fogo, num vermelhão que parecia dobrar seu tamanho.

Depois de Zaqueu, a velha Sustrute era seu grande pavor. E, com o tempo, virou até uma brincadeira entre a escravaria gritar, "Eivém Dona Sustrute!", para verem Damiana disparar que nem foguete pelas ruas torcidas da cidade.

Muito de vez em quando, aparecia alguma coisa para Damiana fazer. Por uma temporada, chegou a freqüentar a "escola doméstica" que o governador fundou em Vila Boa, para ensinar a fiar algodão e usar teares de madeira.

Aprendeu também a cozinhar — embora pouco — com Sá Brandana, a cozinheira negra de Dom Luiz. Não aprendeu mais porque Sá Brandana não tinha muita paciência para ensinar nada. Não entendia por que a menina tinha de receber um tratamento especial só por ser princesa índia. Por isso não, que muitas princesas da sua nação de Angola, eram tratadas ali como escravas, sem regalia nenhuma.

No fundo, como Zaqueu, Sá Brandana tinha era medo, de tanto ouvir as histórias escabrosas dos tapuis, e da ferocidade deles de não poupar escravos nem crianças — como foi o caso quando mataram três escravos que ela conhecia do tempo que trabalhava na fazenda de Seu Antero, antes de ser comprada por Dom Luiz pela fama de suas broas de milho; o governador, graças a Deus, adorava broa de milho. Dom Luiz a tirara da senzala sofredora daquela fazenda, mas ela ainda se lembrava direitinho como os tapuis mataram os negros e cortaram suas cabeças e as enfiaram nos tocos de pau da cerca do pasto, ela viu com "essis zóios, ói" e com o dedo puxava a pele na altura da maçã do rosto, arregalando ainda mais os olhos de jabuticaba já normalmente arregalados, e se benzia e se persignava ao contar pela centésima vez aquele caso.

Mas se Sá Brandana sentia o mesmo imensurável terror que sentia Zaqueu, ao contrário dele, não tratava mal Damiana e, com o tempo, quando o costume foi aos poucos se estabelecendo, sua natureza afetuosa e expansiva acabou se espalhando também para a menina calada, mas risonha — bastava dar bom-dia que a menina ria, Sá Brandana achava uma graça enorme nisso — e também esperta. E, como não tardou a compreender, completamente inofensiva.

Responsável também por essa aceitação — além do próprio riso fácil da menina — foram as artes do negro Serafim. Ele era o único da escravaria de Dom Luiz a não ter medo nenhum dos índios e, menos ainda, da menina, e a tratava como uma criança — branca, negra ou índia — deveria ser tratada.

Desde o comecinho, quando ela se sentava sozinha e calada nos degraus da varanda no fundo da cozinha, o recinto mais íntimo e mais freqüentado da casa — herança aconchegante e fresca que a colonização portuguesa na Índia legou à arquitetura colonial na quentura dos trópicos — ao lado dela se formava um vazio de indiferença, desprezo ou medo, e ele era o único que vinha se sentar perto, tentando incorporá-la à roda.

Dom Luiz não tardou a perceber a acolhida afetuosa que Serafim dava à menina e passou, então, a mandá-lo acompanhá-la, sempre que achava preciso. Às vezes, não era muito seguro que ela andasse solta pela cidade, sem alguém para evitar que fosse de alguma forma maltratada. Certamente ninguém ousaria fazer mal à protegida do governador mas, conhecendo bem as tensões que a presença da menina sem querer podia provocar em um ou outro ânimo mais exaltado, não custava se precaver. Se algo lhe acontecesse, mesmo que por descuido ou por atrevimento de outra criança, Dom Luiz se veria em bons palpos de aranha.

Serafim, portanto, passou a ser uma espécie de escudeiro da menina, quando Dom Luiz achava necessário. Não sempre, mas quando sentia o ar se adensar com notícia de roubo de gado ou de ameaça de ataque ou fosse lá o que fosse que o povo começasse a murmurar. O fato é que o ódio e medo contra os índios, bodes expiatórios de tudo de ruim que acontecia, era um dos componentes do ar que se respirava na capitania.

Mas Damiana é criança. Esse ar que os adultos respiram só desce à sua pequena altura em uma ou outra ocasião e, na maioria das vezes, ela quase não o percebe e muito menos entende. O que sem dúvida percebe, e essa é a pior coisa da cidade dos brancos, são os beliscões cada vez mais aprimorados de Zaqueu.

Depois, então, que se espalhou pela cidade a história do quase milagre do seu choro piedoso ao ver as chagas de Cristo, Zaqueu ficou revoltado. Sempre dava um jeito de se esgueirar de mansinho para perto da menina e lhe tascar um beliscão torcido, caprichado, com as unhas compridas que começara a deixar crescer especialmente para isso. Pequeninos coágulos do sangue de Damiana se amontoavam por baixo das unhas dele.

Zaqueu beliscava e dizia:

— Cê chorô pur mode No'Sinhô, num foi? Quero vê chorá agora, sua tapui fingida.

O braço de Damiana ficava roxo, mas ela não dava um pio. Ela é panará. Ela agüenta qualquer dor.

Fora Zaqueu e Dona Sustrute, havia também os meninos brancos. Mas são poucos, e ficam de longe, jogando pedrinhas e fazendo caretas. Não chegam perto: devem ter o mesmo medo dos pais.

Vila Boa não é uma cidade onde se vêem crianças. Em geral, elas ficam dentro de suas casas ou nos quintais, e as poucas que aparecem pelas ruas não se aproximam muito. As meninas brancas ficam espiando de longe, querendo também engolir com os olhos a menina avermelhada. Só uma das filhas de Dona Maria Escolástica da venda e dois filhos do Seu Quim, açougueiro, às vezes chegam perto para brincar. Quando isso acontece, o que é raro, vão para a beira do rio catar mamona para jogar um no outro.

Ou ela vai lhes mostrar ninhos de passarinhos, pois conhece como a palma da mão as árvores da cidade, e os muros e fundos das casas. E sabe dos bichos: das tocas, galhos ou árvores onde se escondem. Os meninos, atrás dela, descobrem tatus, cobras, escorpiões, sagüis. Damiana conhece suas manhas e hábitos, seus perigos. Vai lhes mostrando tudo, orgulhosa.

Uma de suas grandes alegrias, embora rara, é brincar com essas crianças.

Outra, desde aquele primeiro dia que entrou na cidade, são as festas religiosas. Não só ela, mas é o que todo o seu povo mais gosta e admira nos brancos: a beleza de suas festas.

Ritos e alfenim

Vila Boa é famosa pelas novenas e festas religiosas. O vigário-geral é quase obsessivo nessa pretensão: que as cerimônias de sua igreja sejam comentadas e invejadas em toda a província e, se Deus ajudar, um dia até mesmo fora dela.

Nessas ocasiões, a cidade atrai devotos, comerciantes e festeiros curiosos dos povoados, fazendas e arraiais vizinhos. Entre eles, também os índios dos aldeamentos próximos. Xineuquá é uma que sempre aparece, trazendo Manoel, o irmão menor de Damiana.

Como afilhado de Dom Luiz, Manoel também goza das regalias de andar livre pelo palácio. A irmã o leva para todo canto, mostrando-lhe o que acha bonito, como a cadeira de veludo carmesim com almofada aos pés do mesmo veludo, onde o governador se senta nos momentos oficiais. O cortinado branco da cama que parece nuvem e a colcha de damasco verde, de um verde escuro de folha de árvore, que a menina tem vontade de levar para a avó, mas sabe que não pode. Aponta, no teto do quarto, um pano de algodão esticado que era costume em algumas casas, para fazer as vezes de forro. Mostra as cômodas e armários enormes, pesados, feitos de troncos de árvores sem folhas. Mostra os tachos de cobre, dourados como um sol, que as escravas areiam com limão. Mostra as bandeiras e as armas. Fica acocorada com o irmão na porta do quartel para que ele veja os Dragões Reais e os sabres.

Nos anos que Damiana passou vivendo na casa de seu padrinho, Manoel veio a todas as festas religiosas e na maior de todas, na mais bonita, a da Semana Santa, ele por duas vezes foi uma das crianças cujos pés foram beijados pelo vigário na cerimônia dos lava-pés.

As festas começavam com o Domingo de Ramos, quando saíam todos da missa com o ramo bento das palmeiras. Na cidade que desconhecia os ramos de oliveiras, os escravos — Damiana junto — iam buscar no mato seus substitutos, palmas de coqueiros que, depois de bentas pelo vigário, eram distribuídas para a procissão.

Na quarta-feira, por decisão expressa do vigário, saía a grande Procissão de Nosso Senhor dos Passos, no final da tarde. A multidão, poucas vezes vista tão grande, era organizada de acordo com as ordens dispostas por sua cabeça.

Na frente, vinham as dezenas de mulatos e negros, escravos na maior parte, que abriam o cortejo, fazendo penitências. Carregavam, eles também, cruzes de quase dois metros; outros vinham arrastando correntes, ou carregando pesadas vergas de ferro sobre os ombros, ou grandes pedras sobre a cabeça. Muitos se flagelavam pelo caminho, e se açoitavam.

Damiana, puxando o irmão, não sabia para onde olhar, com tanta coisa acontecendo. Eram rituais muito mais animados do que os de sua aldeia.

Atrás dos escravos, vinha um homem embuçado de preto, segurando um longo chifre que de tempos em tempos ele soprava, deixando sair um som cavo, abafado, pungente o bastante para partir um coração de pedra. Logo atrás, o porta-estandarte, ostentando uma grande bandeira roxa, seguido pelos Irmãos do Santíssimo, com mantos de seda vermelha e velas de cera. Entre eles, os anjos — meninos e meninas da idade de Damiana vestidos de camisolão reluzente de cetim ou seda branca, e asas confeccionadas com plumas alvíssimas de pato.

Deixavam Manoel e Damiana paralisados.

Era então que vinha, com lentidão certamente devida ao peso, a sofredora imagem do Senhor dos Passos carregando sua cruz — a mesma estátua de tamanho natural coroada de espinhos cujas estrias de sangue provocaram o já famoso choro índio da "selvagenzinha". Vinha num andor de madeira, conduzido alternadamente pelos figurões da cidade, entre eles o padrinho Dom Luiz, com uniforme de gala, enfeitado de medalhas, fitas e galardões. Depois, os padres de batinas pretas e velas de cera nas mãos, e sob um baldaquim, o vigário-geral, todo paramentado com seu manto de ouro e prata, empunhando uma grande cruz dourada, adornada de pedras preciosas de várias cores.

Diante da imagem do Senhor carregando a cruz, seguia bem lentamente a moça que era a Santa Verônica e que, em certos pontos do trajeto precisamente demarcados pelo vigário, subia em um banquinho levado para isso por um escravo a seu lado e lá, soltando sua voz de rouxinol mortalmente ferido, desfraldava trêmula um sudário que exibia ao povo já caído de joelhos, mal suportando o tamanho da tristeza.

Da primeira vez que assistiu a esse ritual, Damiana, passado o assombro inicial que de certa forma a deixou sem iniciativa por um momento, achou que deveria também proferir seu lamento índio. Mal começou, porém, com seus ui! ui!, sentiu no braço a dor lancinante de um dos beliscões perpetrados pelas unhas de Zaqueu a seu lado, e se calou.

No final, vinha a tropa, ao som dos tambores rufando solenes e enlutados, e mais atrás, fechando o cortejo, os homens da cidade. As mulheres não participavam das festas públicas, nem das procissões: ficavam orando das janelas de suas casas ou, quando muito, contritas, nas esquinas das ruas, as que vinham de outros lugares.

Eram quatro dias de beleza e acontecimentos.

Na Quinta-Feira Santa, o governador e todos os funcionários vestidos de gala assistem às cerimônias na igreja. No altar-mor, à luz de uma profusão de velas e candelabros, as imagens de ouro e prata cintilam nos olhos das crianças.

São 12 meninos — entre eles, seu irmão Manoel, como afilhado de Dom Luiz — que, vestidos com túnicas brancas e cabeças abaixadas sob o peso da indescritível importância, representam os 12 apóstolos de Cristo e entram devagarzinho e se sentam no banco comprido colocado especialmente para eles, onde esperam o vigário chegar, cheio de cores, para beijar, um a um, os 24 pés, enquanto as vozes do coro levantam-se no ar abafado da igreja cheia, e a fumaça do incenso formiga os narizes de quem está logo à frente, como é o caso de Damiana, que se esgueira e arranja um cantinho bem perto do altar para poder observar clarissimamente tudo.

Com tanto brilho, seus olhos escuros agora já não parecem lagunas e sim pequenas tochas acesas.

Depois, na Sexta-Feira da Paixão, no começo da noite, sai outra grande procissão, à luz de tochas, para acompanhar num esquife, a imagem em madeira do Senhor Morto, também esta em tamanho natural. Todos paramentados de roxo, fúnebres. Tambores rufando em surdina enchem o ar de funestos presságios, acompanhando a procissão dessa vez silenciosa, sem nenhuma cantoria. Atrás do esquife, as imagens de luto de Nossa Senhora e São José.

E ainda não era tudo, pois a festa continuava até o Domingo da Páscoa quando, antes da missa solene, havia outra procissão ao nascer do sol, a que o governador também comparecia de traje de gala. O clima todo então mudava, de paixão e tristeza para glória e alegria, e até a própria igreja, na missa solene do Domingo da Ressurreição, adquiria uma delicada e maravilhosa tonalidade rosa vinda dos vestidos das mulheres cujo costume, nessa missa, era usarem todas vestidos cor-de-rosa, de seda ou de algodão e, nas cabeças, véus brancos, transparentes.

Ao terminar a missa festiva, o repicar dos sinos das sete igrejas da cidade e o estrondo da artilharia e rojões provocavam o mesmo barulho ensurdecedor que os cayapós escutaram na manhã de sua chegada triunfal à cidade. E mesmo sabendo que significavam júbilo e festejo, Damiana a vida toda ainda se encolhia no primeiro milésimo de segundo daquele estrondo, como se algo no fundo dela percebesse o perigo que jazia por trás dessa encenação triunfal de aceitação e contentamento. Triunfo de quem?, alguma coisa dentro dela, despertada pelo estrondo, perguntava insistente.

Depois da missa, fora da cidade, ao ar livre, havia apresentação da peça do Imperador Carlos Magno e Os Doze Pares de França. No tablado armado especialmente para isso, os homens vestiam trajes luxuosos para representar os papéis masculinos e também os femininos, com jóias emprestadas cintilando à luz do sol. A peça era longa e, diziam todos, muito cansativa e monótona. Opinião que os índios pareciam não compartilhar, pois lá ficavam, até o fim, como que pregados em volta do tablado.

Num Domingo de Páscoa daqueles anos, depois da missa solene, Damiana e Manoel estavam sentados nos degraus da igreja, quando uma menina branca, que Damiana já tinha visto vestida de anjo numa procissão, aproxima-se dos dois e lhes estende um doce branquinho: uma espécie de hóstia de açúcar, com a figura da pomba branca alçando vôo.

— Toma — a menina disse. — É pra comer. É procês dois.

Mal acreditaram na menina bem vestida falando com eles e no que ela lhes dava, redondo e de uma alvura de aipim.

— É doce, de açúcar, pode provar — a menina continuou. E riu da cara que os dois fizeram ao testar com a língua a doçura do alfenim. — Eu sou Teruza, e já sei que cês dois são bugres. — E tornou a rir para eles, antes de se virar e ir aos saltinhos se juntar à escrava que se aproximava, alarmada.

De longe, os dois ficaram olhando a menina e a escrava. Depois, levantando-se como se tivessem combinado, seguiram-na de longe, até a verem entrar no casarão da ponte do Rio Vermelho.

Desde esse dia, sempre que ia a Vila Boa, Manoel passava pela porta da casa que pensava ser onde Teruza morava, ou arrumava um jeito de ficar perto da ponte, olhando.

Só anos depois, descobriu que a menina branca não morava ali. Aquela era a casa de seu tio Telles, um figurão da cidade. Teruza morava na fazenda com a mãe viúva, e só vinha a Vila Boa nas épocas de festas.

Manoel olhava para o casarão e sentia o gosto do açúcar branco no céu da boca. Não tinha certeza se realmente apreciava esse gosto. Mas sabia que da menina, sim, ele gostara, da menina bonita de tranças, e quase da mesma brancura do alfenim.

"Suavidade e Brandura"

Durante todo o tempo da estada da afilhada índia em seu palácio, Dom Luiz se portou, a seus próprios olhos, como autoridade justa e magnânima. Não raras vezes achava até graça na menina esperta e nos esforços que o pessoal da casa fazia para ensiná-la. Nos melhores dias, chegava a passear com ela, no intuito de mostrar a todos sua condescendência e o exemplo de tratar os índios como humanos e não como feras selvagens.

Era uma tarefa árdua: o ódio dos brancos contra os nativos parecia fazer parte do clima da capitania. Não bastava ter posto fim a meio século de conflitos armados entre cayapós e brancos, era preciso ainda ensinar a esses homens rudes e ignorantes a visão benigna da Coroa.

Para ser franco — e que ninguém o ouça a não ser ele mesmo — Dom Luiz achava que muito de toda aquela confusão vinha da própria ambigüidade das leis portuguesas que ora favoreciam os colonos, aceitando que eles "desinfestassem" os sertões como se os nativos fossem realmente uma praga malsã, ora paternalizava os índios, recomendando acima de tudo "suavidade, persuasão, brandura": duas políticas verdadeiramente antagônicas na teoria e na prática. Tirava com uma das mãos o que dava com a outra. Fazia vista grossa à guerra ofensiva contra os índios, autorizando ataques por um lado e, por outro, querendo que esses mesmos índios fossem atraídos pelas mostras da superioridade dos brancos. Que voltassem sossegados e tranqüilos para suas aldeias, até se decidirem a se estabelecer por livre vontade nas margens dos rios escolhidos para futuras cidades.

Açoitava com uma das mãos; dava presentes e afagava com a outra.

Quanto à Igreja Católica, naquelas funduras do mundo, e depois que os jesuítas foram expulsos pelo Senhor Marquês de Pombal — merecidamente, merecidamente!, longe dele querer dizer quem não fora merecido —, mas o fato é que os padres que aportavam por ali agora não estavam preocupados com conversão nem catequese. Sabe lá Deus com o quê estavam preocupados — embora ele tivesse suas sérias desconfianças.

Uma coisa era certa: sem população não se podia esperar riqueza alguma daquela capitania. E como é impossível, impraticável, uma ilusão, povoar aqueles ermos com gente de fora, e achando o vasto sertão já coberto de índios, é de lógica cartesiana que eles mesmos é que deviam ser a mão-de-obra povoadora dessas vilas e cidades.

Sem os índios, a capitania estava destinada a soçobrar, ele tinha certeza disso. Agora, fazer os moradores da cidade aceitá-los era tarefa hercúlea, ele sabia. Mas fazia a sua parte. Cabia-lhe, também nisso, dar o exemplo; e ele o dava.

Levava a afilhada em seus passeios vespertinos pela cidade. A menina e seus olhos acesos. Não tivesse ele a consciência perfeitamente tranqüila como tinha, os olhos daquela sua afilhada lhe dariam medo.

Ia com ela visitar as obras do açougue municipal, já quase nos finalmentes. Mais um belo feito em sua conta: acabar com a matança de bois nas ruas e lugares públicos. Seu amigo, Dom Quintino — uma das poucas pessoas com quem podia ter uma prosa boa naquele fim de mundo — vinha a seu lado.

Tinham acabado uma conversa longa no palácio sobre as dificuldades que a capitania enfrentava com os contrabandistas. A arrecadação do quinto rendia cada vez menos, e o contrabando era uma das causas disso, uma de suas grandes dores de cabeça. Dom Quintino cultivava alguns contatos valiosos e, no final da longa conversa, eles finalmente chegaram a uma estratégia que parecia eficaz para impedir o funcionamento de pelo menos uma das grandes redes de suborno que seus espiões haviam descoberto recentemente.

O contrabandinho miúdo não era o que verdadeiramente importava. Esse podia chegar às raias do absurdo, como no último caso que ficara sabendo e custou a acreditar: o de um leproso que estava passando o ouro enrolado nos trapos que lhe cobriam as pústulas. E que só foi descoberto porque um dos guardas começou a achar que, dada a sua condição de morfético, o dito cujo estava zanzando demais pela estrada, de um lado para outro.

Mas, a rigor, isso era coisa de pouca monta.

O que preocupava mesmo era o contrabando grosso, dos comerciantes grandes que controlavam o comércio desde os portos do Rio de Janeiro e de Paraty ou do litoral da capitania de São Paulo. Era o contrabando feito com o aval de autoridades e soldados subornados, e era para esse tipo de contrabando grande que ele estava arquitetando um plano com a ajuda de Dom Quintino.

Dessa vez ia pegar gente grossa. Quem vivesse, veria.

Depois do acordo selado, Dom Luiz sentiu vontade de caminhar um pouco pela cidade para relaxar, e convidou o amigo a acompanhá-lo. Ao sair do palácio, viu Damiana sentada em seu degrau preferido e a chamou.

Quatro soldados seguiram mais atrás.

As pessoas passavam e cumprimentavam, mas poucas se aproximavam da pequena comitiva em passeio. Já se sabia que o governador gostava de caminhar pela cidade, mas não gostava que viessem assediá-lo com amolação. Dizia que era seu momento de descanso, e a presença dos soldados ajudava os moradores a compreenderem perfeitamente a legitimidade desse desejo.

Dois mascates novidadeiros pararam com seus burros carregados e fizeram menção de querer lhe mostrar alguma coisa, mas o governador mostrou evidências de que hoje não estava no espírito. Cumprimentou-os, apenas, de longe.

Queria desfrutar a conversa de Dom Quintino.

Desde que chegara, conhecera muitas boas fazendas nos arredores, mas nenhuma se comparava a desse paulista que morava ali havia duas décadas. Fazenda gorda, com engenhos de cana e pilões de farinha de milho, gado, roça farta. Era um homem de visão que não se contentara com a exploração do ouro, e acreditava que o futuro da capitania era o aproveitamento de seu recurso interminável de terra para o gado e a agricultura.

Pouquíssimos pensavam e agiam como ele naquela terra rude.

Muitos falavam, mas raros tinham, como Dom Quintino, sua sesmaria legalizada. Assim que chegou à região, Dom Luiz constatou que seus predecessores haviam concedido cerca de mil sesmarias, porém apenas uma parte insignificante fora confirmada pelo Rei. Deixaram para ele o controle infernal da medição dessas terras. Só que a maioria não quer nem pensar em mexer com isso. Para não falar das dificuldades inerentes à medição como tal e a carência absoluta e lamentável de agrimensores — e quem é que, se pode evitar, não evita fazer a longa e desconfortável viagem até aqui? — ainda existe a malícia inata dos homens, que acham mais vantajoso não medir para poder se intrometer na terra do vizinho, também não medida. Quanto aos mais esclarecidos, esses têm que dispor de dinheiro extra para pagar as despesas com advogados e as propinas, e uma paciência santa para esperar que o processo vá e volte de Lisboa com o Selo Real.

Pouquíssimos, portanto, eram como Dom Quintino, que tinha tudo regulamentado como devia e não lhe dava aborrecimentos nem trabalhos, além de ser homem viajado, culto e conhecedor do mundo. E, de quebra, também bom de mexerico.

Acabara de lhe contar um delicioso.

Ficara sabendo do que acontecera na visita que o vigário tinha feito dias atrás à fazenda de Dom Genuíno Mendes. Esse Dom Genuíno era um comerciante finório, que chegara arrotando riqueza e pose do Rio de Janeiro, mas cujo dinheiro, logo se descobriu, mal dera para montar a casa da sesmaria e, de quebra, se tornar arquiinimigo de Dom Quintino de quem era vizinho, por desavenças de terras, por que mais seria?

— Pois um caso muito engraçado, escute só, governador!, sucedeu na visita que o vigário fez a meu vizinho, pondo mais uma vez a nu, como se fosse preciso, a miséria e mesquinharia desse ladrãozinho salafrário.

Segurando a pança para rir à vontade, Dom Quintino continuou contando que Dom Genuíno Mendes, como se sabia, era pai de quatro filhas moças casadoiras, só que sem dotes e, agora, descobriu-se, também sem vestidos para se apresentarem socialmente.

— Parece que possuem apenas o camisão de ficar em casa. Pois imagine o governador que as quatro moças não puderam se apresentar ao vigário todas de uma vez porque tinham de alternar o mesmo e único vestido social: uma vinha cumprimentar o padre e logo voltava apressada para o quarto onde tirava a peça preciosa e a passava para a outra que fazia a mesma coisa, e assim por diante até chegar à quarta. Onde já se viu tanta pão-durice? — gargalhava Dom Quintino. — E depois ainda fica andando por aí com o nariz empinado, com todo aquele ar de falsa nobreza! Por fora, bela viola, por dentro, pão bolorento! E como nem todas as quatro moças são donas do mesmo porte e figura, em umas o pobre do vestido ficava todo largo e desenxabido e, em outras, apertadíssimo. Uma delas, inclusive, a mais gordinha, acho que é a do meio, das mais bonitinhas, quase teve um desmaio porque não podia respirar direito, a coitada.

Dom Luiz escutava também às gargalhadas.

Damiana ia correndo na frente e parara na porta da venda de Dona Maria Escolática para esperar o padrinho. Era uma das melhores vendas de gêneros alimentícios, ferramentas, aguardente e outras necessidades, de dia e, de noite, costumava juntar gente na porta para um batuque animado.

Dona Maria Escolástica era viúva, com dois filhos para criar, e mulher que sabia das coisas. Sempre fazia um agradinho à afilhada do governador, como fizera agora, colocando um punhado de paçoca na concha da mão da menina.

Mas nem todos da venda achavam graça na "selvagenzinha". Nem todos se conformavam, de maneira nenhuma, em ver os bugres nos aldeamentos por perto, ainda mais em número tão grande e ameaçador, e preferiam muitíssimo acabar com todos eles de uma vez.

Como era o caso de um dos fregueses que tomava aguardente na porta da venda. Um português que andava se afundando na mineração, perdendo o pouco que lhe restava nos azares dos aluviões, aproveitou a passagem do governador e falou alto, com a intenção expressa de ser escutado, enquanto apontava para a menina que já ia um pouco mais à frente, mas que também escutou:

— Essa aí quando crescer vai ser igual aos parentes dela. Tudo bicho e tudo da crueldade da peste dos infernos. Desembaraçar a terra deles é feito matar cobra ou onça. É obra de caridade. O povo dessa cidade ainda vai se arrepender de não ter feito isso quando podia, é o que tenho a dizer.

E cuspiu de lado na porta. O cuspe grosso de quem masca fumo de rolo.

O governador fez um gesto com a cabeça cumprimentando as pessoas paradas por ali, mas sem mudar o ritmo da marcha e continuando a conversa amena com Dom Quintino, como se nada tivesse escutado. A menina, lá na frente, correu um pouco mais rápido, sem olhar para trás.

Dom Quintino, percebendo o constrangimento causado pelo comentário, entabulou logo outro assunto de espanto, falando sobre o caso nefando da portuguesa que toda a capitania andava comentando. Desse caso, Dom Luiz já sabia e já tomara suas providências como governador. Poucas, reconheça-se. O caso era de polícia, mas o que pudera colocar de empenho naquilo, colocara. A capitania toda se agitara com essa história horrenda da dona de uma mina mais para o norte que matou o filho de uma das escravas, suspeitando ser bastardo do marido e, quando o marido chegou para a ceia, serviu-lhe a criancinha assada, enfiada num espeto.

E embora sabendo que Dom Quintino puxara esse assunto para ajudá-lo a desconsiderar o atrevimento do mineiro da porta da venda, ia lhe pedir para não falarem mais largamente desse fato escabroso pois não queria gastar seu passeio com coisas tão torpes e nefandas.

Antes que o fizesse, porém, o próprio Dom Quintino mudou de assunto, apontando-lhe um grupo ao redor da menina que ia bem mais à frente.

Mulheres na rua durante o dia, ele pensou, que coisa rara. Mas o olhar acostumado do amigo logo esclareceu:

— Ciganas, governador. Chegaram faz pouco e estão por toda parte.

Três mulheres diferentes, cabelos soltos nos ombros, e cheias de colares, brincos e pulseiras, cercaram Damiana, pegando-lhe a mão para ler sua *buena dicha*.

Dom Luiz apressou o passo, curioso, mas as três ciganas se afastaram para um lado da rua ao perceber a comitiva se aproximando, acompanhada dos soldados. Sorriram com reservas para o governador e seu amigo, o receio das autoridades impedindo que fizessem qualquer tentativa de ler a mão dos dois.

Depois que eles passaram, uma delas gritou:

— *Ojo! Que esa niña tiene dos corazones y los dos están rodeados de espinos, pobrecita.*

Mas ninguém escutou ou, se escutou, não prestou atenção. E Damiana, se escutou, não entendeu. Ela já sabia muito bem o português, mas nem sabia que os brancos tinham mais de uma língua, fora a do padre na igreja.

Dom Quintino continuava a mexericar ao ouvido de Dom Luiz.

Tinha seus espiões pela cidade e se vangloriava de ser a pessoa mais bem informada da capitania. Deleitava-se com todo tipo de informação, importante ou picante, tanto fazia. Contava agora no ouvido de Dom Luiz a alegria do vigário com a morte de Dom Gaspar, um dos mineradores mais ricos que deixara encomendadas três mil missas por conta de sua alma. Ria, sacudindo a barriga e comentando que a ganância do seu vigário era tamanha que mandara matar uns veados que bebiam num bebedouro descoberto por um dos escravos só porque o negro velho, já caduco, passou a repetir aquela história antiga de que o ouro era tanto naquela fonte que enchia os buchos dos bichos que ali bebiam. Querendo pôr aquilo a limpo, o vigário mandou matar os veados que pastoreavam por ali.

— E o que ele achou, Dom Quintino?

— Ora, governador! O que se acha no bucho de todo mundo, bicho ou homem: só merda mesmo.

Os dois se sacudiram de rir: todo deboche e maledicência contra o vigário causava esfuziante alegria em Dom Luiz.

Mas agora, terminado o passeio, como que uma ferroadinha de abelha ficara incomodando as idéias do governador. O comentário entreouvido na porta da venda de Dona Maria Escolástica ecoava preocupações verdadeiras. Tinha muita gente falando outra vez em atacar os cayapós. Diziam que a indiaiada não estava obedecendo ao tratado, que continuava matando gado, e que era uma temeridade juntar tantos deles em lugares tão perto da cidade. Quem podia garantir que não atacariam quando lhes desse na veneta?

A mentalidade desses colonos, mesmo de gente mais esclarecida como Dom Quintino, era clara como água: queriam escravizar o índio de qualquer maneira, por meio da compra, guerra ou aprisionamento. Para eles, como tinha dito o mineiro da porta da venda, índio não era gente, e só interessava morto ou fazendo o trabalho braçal para os brancos.

Parecia que a capitania só tinha esse e não outros inúmeros problemas.

Ninguém parecia se dar conta de que aquelas plagas estavam cheias de criminosos que, cometidos seus malfeitos, pegavam sua trouxa, saltavam sobre um bom cavalo e fugiam para nunca mais serem vistos. Grupos de bandoleiros, salteadores de caminhos, vadios e facinorosos. E contrabandistas. O que menos importava no momento eram os índios, porque esse problema ele conseguira resolver. A trégua era verdadeira. Não havia por que fazer tanto alvoroço com os cayapós assentados. Assentar os índios em aldeamentos era algo que vinha sendo usado em Goiás praticamente desde o começo da colonização.

Dom Luiz não era ingênuo.

Sabia perfeitamente que a intenção do aldeamento era menos cristianizar e civilizar, e mais transformar índios em agricultores dóceis e sedentários. Colocá-los — ou prendê-los pela persuasão, tanto faz — em um espaço delimitado, sujeito a receber os benefícios da civilização e trabalhar para ela.

Desse ponto de vista — que era o correto e o justo, ele tinha certeza — o aldeamento Maria Primeira era um magnífico sucesso. Um modelo, a menina de seus olhos. O local, às margens do Rio Fartura, a 12 léguas de Vila Boa, próximo dos rios Claro e Pilões, tinha sido escolhido em cuidadosa negociação com o próprio Angraíocha, por ser um lugar com características semelhantes às áreas das aldeias cayapós.

Foi por ter sido erguido em um sítio aprovado por eles que logo depois vieram mais duas aldeias inteiras, uma chefiada pelo cacique Cananpuxi, com 88 guerreiros, e outra pelo cacique Pupuare, com mais 200.

No total, as quatro aldeias conquistadas, vindas do bravo sertão do Camapuã, formavam uma população de quase 700 homens em Maria Primeira, a maioria deles batizados. A população do aldeamento era grande, sem dúvida, mas era essa justamente a prova do seu sucesso! Se fosse certo que o número dos guerreiros estava por volta de setecentos — ele se maravilha com esse número, 700 guerreiros ali sob seu controle, é espetacular isso! —, o total no aldeamento, entre mulheres, crianças e velhos, deve chegar a cerca de 2.400 índios, vivendo sob a tutela da Coroa. Quem podia negar que isso era um feito extraordinário? De sua política e de sua capacidade de negociação? E outros grupos ainda estavam chegando, outras aldeias vinham à procura da paz dos brancos.

Em Maria Primeira, eles são controlados por um administrador de sua confiança, militar de experiência, acompanhado da guarda necessária para manter a ordem. Estão em menor número, é certo, mas têm a superioridade moral da civilização branca e suas armas de fogo. Os caciques cayapós reconhecem isso. Não havia o que temer.

É verdade também que, antes dos aldeamentos, a ameaça — inclusive dos próprios guerreiros de Angraíocha — existia, e de forma constante. A toda hora chegavam notícias de ataques cruéis, de mortes também do lado branco, cabeças espetadas nos troncos das cercas das fazendas, tudo isso era verdade. Mas já passou.

Esse povo precisa entender que os tempos mudaram.

Justamente devido ao sucesso dos aldeamentos os ataques praticamente acabaram. Hoje o que tem mais é boato, ou ataques lá pras bandas de Cuiabá e não aqui. Aqui isso acabou. Na capitania sob seu governo agora o que existe é paz. Será que o povo dessa cidade não sabe o que significa isso? Que para continuar em paz eles também têm de fazer a parte deles? Têm de aprender a conviver com os índios e engolir o medo disfarçado em ódio. Afinal, a Companhia dos Dragões está aí para defendê-los, se for preciso. E a Companhia dos Pedestres. Mas em vez de ficarem agradecidos ainda reclamam? O que mais eles querem, Santo Deus?

Essa noite, chamaria Damiana para jantar com ele à mesa. Mandaria convidar também o ouvidor e Seu Crispim, um dos comerciantes do qual andava desconfiando que estava de conluio com os contrabandistas grandões da capital, e queria observar mais de perto. Que todos vissem que a menina índia era civilizada o suficiente para comer com eles à mesa.

Mas será que era mesmo?

— Sá Brandana — ele mandou chamar a escrava cozinheira, assim que teve a idéia —, a menina Damiana sabe usar os talheres de comer à mesa?

— Vixe! Nunca vi, não, Sinhô.

Na dúvida, então, melhor não exagerar. Bastava que viesse cumprimentar as visitas.

Deu suas ordens:

— Quero que ela fique banhada e arrumada essa noite. Quero que venha dizer boa noite quando meus convidados chegarem.

*

Não demorou muito para que finalmente chegasse a muito almejada — e infatigavelmente solicitada durante aqueles anos através de contatos, cartas, relatórios e pungentes argumentos — transferência de Dom Luiz da Cunha para a capitania das Minas Gerais. Era 1783.

A idéia de levar a afilhada com ele nem chegou a passar por sua cabeça. Não tinha sentido levá-la para longe do seu povo, e já não era responsabilidade dele mantê-la como ligação com seu avô cacique. A capitania agora passaria a receber as ordens de outro governador, cuja chegada ele não pretendia esperar. Era hora de Damiana voltar a viver com seu povo no aldeamento de Maria Primeira. Já não havia motivos para que ela permanecesse em Vila Boa.

No grande júbilo da partida, Dom Luiz decide deixar com a afilhada, como presente de despedida, o velho escravo Serafim e uma garrafinha cheia de ouro em pó.

A garrafa de ouro virou enfeite na choça de Xineuquá e Angraíocha.

O escravo Serafim foi morar numa das casas onde moravam os brancos do aldeamento. Será para sempre escravo de Damiana.

Mas um outro presente que seu padrinho lhe deu, embora não soubesse, foi decidir levar Zaqueu com ele. Dos escravos que lhe serviram em Goiás, Dom Luiz quis levar apenas Zaqueu, pela esperteza, e Sá Brandana, pelas broas de milho.

Uma tarde, pouco antes da partida de Dom Luiz, Xineuquá foi buscar a neta e seu escravo.

Ao lado da avó, Damiana passou por primeira vez pelo caminho que, com o tempo, seria o caminho de sua vida: o caminho que percorre a distância entre a cidade dos brancos e o aldeamento dos índios. Ou entre o aldeamento dos índios e a cidade dos brancos.

Um mesmo caminho que não une, separa.

PARTE II

O Tapir que Rói

"Crê ainda hoje uma parte dos portugueses que o índio só tem figura humana, sem ser capaz de perfectibilidade..."

José Bonifácio de Andrada e Silva (1823)

O nome que branco nenhum jamais saberá

É noite escura, sem estrelas.

Ao lado da fogueira no centro da aldeia, Damiana escuta a voz rouca de Romexi. Ele está lhe contando uma história do começo de seu povo.

Está contando que nos tempos antigos, os homens viviam todos juntos, contentes. Não tinha ninguém separado. E assim foi até o dia que descobriram uma bela árvore dourada nas margens do grande rio. A árvore era dourada porque estava carregada com as espigas amarelas do milho.

Maravilhados com a árvore, eles resolveram derrubá-la. Queriam ter o milho para plantar. E a derrubaram com um estrondo como o de um trovão assombroso que retumbou na floresta. E cada um recolheu um pouco das espigas caídas.

Mas, à medida que catavam essas sementes, eles começaram a falar uma língua diferente.

Um falava e era como se o outro nunca o tivesse escutado antes. Não se entendiam mais. E por isso não podiam continuar vivendo como antes. Tiveram de se separar. Cada um foi para o seu canto, formando todos esses povos que hoje existem na terra.

Foi depois da derrubada da árvore dourada que os homens brancos apareceram na região.

Faz uma pausa. Espera que a menina assimile bem o que acabou de lhe contar.

Depois continua. Aponta para o céu.

Explica que o teto da grande casa da terra é também o lugar da bem-aventurança e da fartura. Essa imensidão de teto que a vista não alcança é sustentada por um tronco gigantesco e forte como nunca se viu. Dentro desse tronco tem um tapir que rói. Ele fica roendo o tempo todo e, por isso, há o perigo do céu desabar um dia e aniquilar a vida de todos os povos.

Foi do céu que o pai trouxe o fogo para os homens.

E tem mais uma coisa.

O sol e a lua que habitam o céu são caçadores. O homem-sol é bravo e forte, o homem-lua é fraco e manso, não sabe brigar, é chorão. Chora o tempo todo. Isso é muito ruim. Por isso, o homem-lua não consegue o que deseja. O homem-sol não é assim. O homem-sol é guerreiro, é valente. Faz o que deseja fazer. É ele que chupa as águas do rio e esturrica os campos. Nos tempos antigos, só havia sol. O sol brilhava o tempo todo. Não havia noite. O melhor é ser um homem-sol, bravo, forte e valente, e não o homem-lua, fraco e chorão.

Faz outra pausa.

O mundo é rodeado pela escuridão. Lá em cima, está o céu e lá embaixo o submundo. Nós aqui na terra, nós somos o povo *panará*, o centro do mundo. Tudo converge para nós. Fora de nós tem os *kuben*, os outros, os estranhos. Eles. Entre eles, os homens brancos. Um dia — mais cedo ou mais tarde — os estranhos virão nos atacar, queimar nossas aldeias, destruir tudo.

A menina escuta.

Romexi está doente. Seu tempo de vida na terra está se acabando, ele sabe, e há muito o que ensinar à Damiana. Nos anos em que morou na aldeia dos brancos, ela aprendeu sobre as coisas do branco. Agora, precisa aprender tudo o que ainda não sabe sobre o seu povo. Romexi e Angraíocha terão de lhe ensinar.

Depois que o padrinho deixou Vila Boa, e Damiana voltou para junto dos seus parentes, começou a ser preparada para algo importante. Sente-se bem, confiante e pronta para aprender. Seu avô e Romexi vão lhe ensinar tudo o que sabem. Confiam nela. Ela quer estar à altura da confiança deles.

Em seu povo, a mulher com qualificações especiais pode desempenhar papéis de alto significado. Ela ainda não sabe exatamente para o que está sendo preparada, mas recebe a educação de alguém que deverá servir à comunidade e ter voz em seu destino. Para isso, depois, contará sua experiência, maturidade e sabedoria. Sua personalidade. E, sobretudo, o domínio do saber indígena — quem domina o saber do povo panará é digno do conceito mais elevado da coletividade.

Desde que voltou, ela está em casa.

Ao contrário da aura de invisibilidade que tantas vezes a cidade dos brancos lhe impunha — quando as pessoas passavam e fingiam que ela não existia — ali em sua aldeia todos os olhos se movem junto com ela. Todos a amam. Todos fazem uma festa permanente para suas coisas. Todos riem com ela — e não dela — o tempo todo.

Mas a vida na aldeia tem seu tempo bom e também seu tempo triste.

As jornadas no início da estação seca, por exemplo, depois do plantio, é um tempo bom. É tempo de muitas danças ao redor da fogueira à noite. De celebração do mundo que amam.

Eles amam a vida, amam a terra, amam o cerrado que conhecem profundamente.

Tem dias, no entanto, que alguma coisa acontece, ou com o povo ali mesmo ou com o povo que vive nas aldeias do grande território, e todos ficam tristes. Os guerreiros conversam baixinho em grupos e há um murmúrio geral de revolta ou medo. Todos vão para suas choças dormir mais cedo.

A aldeia fica silenciosa, como se fosse um oco vazio no breu da noite.

Naqueles primeiros tempos do aldeamento Dona Maria Primeira, os cayapós gozavam da liberdade de ir e vir sem grandes atritos. Na teoria, não deviam sair, mas quando saíam não eram incomodados. Principalmente Angraíocha, a quem nenhum dos soldados ousava dar ordens.

É com ele que a menina sai em longas expedições para conhecer o grande território panará.

Saem no mês das florações e dos dias luminosos, depois da temporada das chuvas. É a época mais adequada para as grandes caminhadas, quando o sol não escalda e o frio ainda não chegou.

São jornadas de conhecimento, quase sagradas. É a vida e a magia do cerrado que Damiana está aprendendo a conhecer e amar. A vastidão do planalto aberto onde nada limita ninguém.

Caminham, o homem maduro e a menina, por platôs e chapadas; sobem serras, colinas, morros; descem aos vales. Cruzam ribeirões, córregos e rios; sobem até as nascentes. Banham-se em cachoeiras e lagos. Atravessam bosques com sua espessa cobertura de grossos cipós entrelaçados e profusão de arbustos. Cruzam matas, buritizais, capões. Campos e campinas. O cerrado não tem uma cara só; tem diversas.

O homem fala para a menina sobre os animais. Sobre a anta — o tapir mítico de seu povo — comedora de raízes, talos verdes, folhas e frutos. A capivara, que se alimenta unicamente dos pastos verdes e suculentos e exige água permanente. A queixada que come tudo. Os tipos de onças e jaguatiricas. Os veados, tatus, lagartos, pacas, tartarugas, porcos do mato. Os macacos e tamanduás. Os peixes e o incontável número de pássaros. As emas, garças, jaburus, e outras aves pernaltas. As revoadas.

Ela aprende a tirar o mel das abelhas que fazem suas casas nas árvores e nas rochas e a pegar os ovos das emas. A caminhar pelas trilhas abertas por animais no mato ralo e marcar o caminho cortando ramas de espaço em espaço. Aprende a marcar os troncos das árvores, na mata cerrada; nos campos, a enfiar varetas quebradas no chão. A ler a direção a seguir no avanço do sol e das estrelas. A sentir, pelo vento no rosto, a que distância encontrará água. Ou entender pela linguagem coaxada dos sapos e rãs que tem poço de água perto.

Chegam às praias de areia branca do belo rio das grandes águas.

Acampam à noite, deitando-se no chão descoberto, as plantas dos pés voltadas para o calor das chamas da fogueira. Fazem fogo friccionando dois pedaços secos de urucum, madeira leve e macia: um graveto seguro no chão com os pés, enquanto o movimento das mãos faz o outro girar veloz.

Durante os anos de sua preparação, ela saiu várias vezes com o avô nessas expedições de aprendizagem.

Depois dos rituais da puberdade, quando Damiana está madura para a vida, foi o momento de Romexi fazer uma expedição com eles.

Suas pernas de velho estão perdendo a força e não caminham como outrora. No entanto, ele faz questão de acompanhar essa saída que para ele será a última e, para ela a primeira. A primeira jornada até o santuário dos antepassados.

Cabe a ele lhe mostrar pessoalmente o lugar sagrado do seu povo. Cabe ao mais velho e mais sábio lhe ensinar a importância da contemplação e meditação sobre a ordem sagrada do mundo.

Na marcha de vários dias, Romexi lhe fala das estrelas, que também são seus ancestrais. São os antepassados que, quando o céu e a terra se separaram, preferiram ficar no firmamento.

Fala dos espíritos benéficos e fala dos espíritos do mal. Os espíritos maléficos do ar, das águas, das matas. Fala da ave-espírito que solta seu grito medonho e do peixe gigante das águas. Fala dos seres com corpos de homens e cabeça de bicho.

Ensina a jovem a curar doenças com ervas e raízes: fazer infusão de folhas da gomeira para tosse, usar a casca e a raiz da caraíba com sua tinta amarela para machucados.

Eles passam pelos campos de mato baixo, bosques, e também por matas fechadas. Pelas árvores solitárias e retorcidas, capões de capim com dois metros de altura, terras vermelhas, terras cinzentas, areias e pedras. Passam por palmeiras, muitas palmeiras, e entre elas a da espécie comestível da guariroba. Passam por árvores nanicas e tortuosas, e por solitários e altos jatobás, angicos e gomeiras. Passam por outras nascentes, outros ribeirões, rios, cachoeiras. É uma região de belas quedas-d'água: filetes caindo por entre rochedos, cachoeiras que enfrentam com imponência os caprichos do leito milenar dos rios.

Na verdade, tudo ali é muito mais do que milenar, é da ancestralidade primeira da vida, mas isso nem Romexi sabe. Não tem como saber que o território dos seus ancestrais, o imenso planalto central no coração daquela terra, do qual seu povo faz parte, assenta-se sobre uma das rochas mais antigas do planeta.

Toda aquela região, formada por grandes movimentos tectônicos de fraturamento e esmagamentos de rochas, um dia, 130 milhões de anos atrás, foi mar. Mar de águas vitais, primitivas, densas, com ondas cujo ritmo depositou sedimentos hoje chamados de ritmitos, e cujas algas agora são chamadas de calcáreos. Esse extenso mar virou primeiro o grande deserto que eras depois, 35 milhões de anos depois, começou a dar vida ao cerrado.

Romexi mostra as pedras, grandes e pequenas, que indicam o caminho que devem percorrer. São os petrógrifos com inscrições milenares feitas pelos ancestrais, com motivos quase sempre geométricos e dimensões variadas, e que ainda hoje estão lá, indicando os mesmos, ainda que completamente diferentes, caminhos.

Há várias pedras. Algumas das maiores estão quase cobertas por samambaias, e outras, pequenas e achatadas, às vezes estão escondidas entre o capinzal. Uma delas está num pequeno bosque de buriti onde, antes de entrar, Romexi lhe diz para se agachar e segui-lo em completo silêncio. Ela o segue, contendo a respiração, até entrarem em uma pequena clareira onde está a pedra e seu mistério.

É quando Romexi se levanta, de súbito, com estardalhaço, sorrindo e assustando o bando de araras azuis canindés, habitantes dos galhos dos buritis, que de pronto alçam juntas seu vôo, agitadas e barulhentas.

Romexi ri para a jovem que olha encantada a densa nuvem farfalhante de plumas azuis e ventre amarelo, revoando sobre sua cabeça.

As laguninhas pretas de seus olhos estão outra vez em chamas.

Romexi avisa que estão chegando perto do santuário maior, o principal.

Aos poucos, os três — o velho, o chefe e a jovem — se aproximam da grande gruta dos antepassados.

Ali está o gigantesco desenho do começo do mundo.

O imenso painel mostra a exuberância da vida quando ela começou. Homens, bichos e peixes, em estado de perfeita alegria.

São pinturas rupestres feitas com pigmentos minerais como o óxido de ferro, aplicados com resinas vegetais de alta durabilidade, e falam de homens que estão contentes. Homens que se jogam para o alto, contorcem-se, equilibram-se, põem-se de ponta-cabeça, flexionam-se. É o desfile da alegria pura de viver e de ser capaz de deixar ali a marca de sua passagem para sempre.

Um momento de celebração.

Romexi não tem condições de saber quem deixou esses arabescos ali, seis mil anos atrás, quando aquela terra saía da era do gelo e ambientava-se no atual "ótimo climático", o clima quente marcado pelas estações da seca e da chuva, momento de proliferação da caça e da pesca. Um momento, como diria um historiador dessa terra século depois, "favorável à alegria geral dos carrosséis de bichos e de pessoas dançando de cabeça para baixo".

Para Romexi — como os anciãos de seu tempo lhe ensinaram, e como ele agora ensina à jovem — aquela é a mensagem de vida que os ancestrais deixaram. A certeza de que aquela terra é deles e que um dia seu povo foi feliz.

E se já foi, poderá ser novamente.

É nesse lugar sagrado que Romexi fala claramente a ela de seu destino.

Ali está a prova da felicidade que eles uma vez desfrutaram e é isso que seu povo espera de seus chefes e dela: que os faça voltar a esse tempo feliz. Tempo de caça e pesca em abundância e da dança da alegria.

A dança de ser o que são.

— Quando um povo perde a crença em seu futuro, morre — ele diz. — O povo que deixa de acreditar em si mesmo deixa de ser um povo.

É isso que esse lugar vai ajudá-la a guardar, bem no fundo de si mesma, para sempre.

E ela, que tem um nome branco e um nome panará, deve guardar em seu coração seu nome verdadeiro, o nome panará, seu segredo. O nome do povo a que pertence, o nome sagrado que agora ele confirma ali.

O nome que branco nenhum jamais deve pronunciar.

Quando voltam à aldeia, são recebidos com a festa do retorno.

Está anoitecendo e os homens dançam ao redor da fogueira. Formam uma grande roda e dão passos curtos, rapidinhos, cantando em tom grave: ra, ra, ra. Aos poucos, vão transformando em nuvem vermelha a terra dura sob os pés. Estendem os braços e giram as mãos em círculo, num movimento contínuo. Giram, giram, não param mais. Seus braços começam a bater como asas possantes. São homens-pássaros majestosos. São homens que, se quiserem, podem voar, acompanhando o ritmo do canto poderoso.

Naquela noite, sentindo seu corpo se unir ao fogo do meio da roda e apreciando a beleza da dança dos homens-aves, o velho Romexi sente que seu dever está cumprido. Está pronto para morrer.

Despede-se de toda a aldeia e parte ao amanhecer.

Sabe para onde ir.

Sua jornada, dessa vez, tem um destino sem volta.

A trégua em Maria Primeira

Homens e mulheres estão sentados em volta da fogueira, e Angraíocha conta.

Nos tempos antigos, era muito fácil caçar porque os animais falavam. Os homens saíam procurando os bichos na mata e perguntavam, como se fosse um amigo:

— Ôô, tapir, cadê você?

— Eu? Eu tô aqui — o tapir respondia.

Rapidinho, então, os homens saíam correndo de tudo quanto é lado e ziiiip! Flechavam o tapir que tinha respondido.

Até que um dia um velho foi e disse pros bichos:

— Vocês não estão percebendo o que está acontecendo? Os homens estão aproveitando da fala de vocês. É melhor deixarem de falar senão vão morrer todinhos. Os homens são muito bravos. Quando alguém chamar vocês, não respondam, fiquem calados. Quando escutarem a fala dos homens, corram com todas as pernas que tiverem! Os bichos não devem falar nunca mais. Só fugir o mais rápido que puderem e se esconder no mato.

E foi por isso que os bichos deixaram de falar. Para não serem mortos pelos caçadores.

Todos em volta da roda riem muito da burrice antiga dos animais. É noite de lua nova e a aldeia está contente. Logo virá a lua crescente, a que não é tão fraca nem chorona. A lua que tem forças para crescer. As roças vão começar a brotar, terão uma colheita boa. Riem, porque gostam de rir e sabem apreciar o que têm.

Terão uma boa colheita de amendoim.

Os panará são hábeis cultivadores do amendoim que foi a cutia que lhes deu e lhes ensinou a plantar.

Quando o amendoim ficar maduro, é o momento de realizar a escarificação ritual nas pernas dos jovens, rapazes e mocinhas. Cortes profundos longitudinais nas coxas e nos braços, feitos com dentes pontudos da paca ou do peixe-cachorro. O risco branquinho do corte por um momento tremeluz e logo fica rubro com a primeira gota leve de sangue que sai e rapidamente engrossa, escorrendo pelos lados.

E, com o sangue, a dor.

Foi a cutia quem mandou fazer os cortes para causar dor.

A dor é necessária. É preciso aprender a resistir porque a dor pode acontecer a qualquer momento. Sobretudo no momento de enfrentar o inimigo.

Nessa manhã, um grupo de jovens guerreiros, e também jovens mulheres, passou por outro ritual de dor. Saíram como em expedição de guerra, como se fossem atacar o inimigo. Só que o inimigo dessa vez era uma casa de marimbondos. Bem no alto de um galho onde eles subiram por cipós entrançados e, com as mãos nuas, a atacaram e destruíram.

Foram picados de todas as maneiras possíveis. Todas dolorosas.

Quando voltam para a aldeia, os homens e mulheres adultos choram com sentimentos ancestrais. Como se fosse um luto. É o grande lamento pelos mortos e feridos desde sempre, o lamento pela perda.

Os marimbondos são todos os inimigos que ferem e já feriram os panará.

Huá! Huá! Huá!

Depois cantam a tarde toda, parando só ao anoitecer.

Amanhã vão continuar escarificando os peitos e as costas desses jovens, rapazes e moças. Entre eles, Damiana. Que estava agora, como os outros, irreconhecível, inchada, a laguna de seus olhos seca, sem vestígio nenhum de lágrima.

*

Alguns dias depois, Dom Tristão, o novo governador que sucedeu Dom Luiz, faz uma visita ao acampamento. Vem acompanhado pelo capitão dos Dragões e cinco pedestres. Ele nunca vai a Dona Maria Primeira sem escolta. Jamais confiar completamente em ninguém: esse é seu lema. Menos ainda nos índios.

Quer conversar com o cacique Angraíocha. E Damiana, desde que passou a morar na aldeia, é a intérprete natural. Outros índios também falam português, mas nenhum tão bem quanto ela.

Dom Tristão começa com generalidades.

Pergunta das roças e das colheitas. Fala do tempo que não anda nada bom. Comenta a tempestade feroz que caiu outro dia, a ventania que entrou pelas casas da cidade e deixou tudo coberto de poeira e folhas secas. Um redemoinho como ele nunca vira igual.

Depois começa com as queixas, o verdadeiro motivo da visita. Diz que os índios saem muito do aldeamento. Pergunta se algo está lhes faltando. Pergunta se a comida não tem sido suficiente.

Angraíocha responde com cortesia e paciência.

Diz que os índios são livres. Podem ir aonde quiserem.

Ou a paz com os brancos significa ser cativo dos brancos?

— Não, não — responde Dom Tristão. — Ninguém aqui está preso. Dona Maria Primeira não é prisão. Mas é que tem havido queixas. Tem gado desaparecendo.

Angraíocha diz que não são os cayapós de Maria Primeira que fazem desaparecer o gado. É preciso que os brancos procurem no lugar certo quem está fazendo isso. Mas os brancos, parece que não sabem procurar. E se os brancos têm suas queixas, os cayapós também têm. Não estão nada satisfeitos. Tem muito branco provocando a ira de todos eles. Tem soldados no aldeamento que pegam a parte da colheita dos cayapós. Tem muitos que acham que mandam e querem usar de violência e castigar, e obrigá-los a trabalhar para eles. Tem tudo isso. Tem muita coisa ruim no aldeamento, mas eles não estão em guerra. Estão em paz. Estão cuidando de suas roças. A colheita vai ser boa este ano. Dom Tristão está convidado para a festa. Dom Tristão está também convidado para a festa que vai ter essa tarde, antes do sol se pôr.

A festa do "Quebra-cabeça".

O local da festa é no galpão de dança, coberto, que foi construído na praça em frente às duas grandes casas térreas do aldeamento: a residência do governador — quando ele aparece — e a residência do administrador e seus soldados.

Os homens se reúnem no centro, em uma roda, e Angraíocha está bem no centro do círculo, segurando a borduna. Sua borduna de chefe. As mulheres e crianças estão em outra roda atrás. Os homens estão pintados, com listras longitudinais feitas com o amarelo do açafrão-da-terra e o branco ofuscante da tabatinga sobre o vermelho vivo do urucum e o preto-azulado do jenipapo. Nos joelhos trazem os ornamentos feitos de garras de animais atadas com embiras.

A dança começa.

Os homens vão batendo os pés e entoando seu canto peculiar, dissonante. Seu canto uivado ho! ho! ho! As maracas e instrumentos de sopro de madeira acompanham o ritmo bem marcado. As joelheiras produzem um chocalho forte a cada movimento do pé.

Alguns carregam um tronco grosso de árvore sobre os ombros, e com ele saltam em volta e o jogam uns para os outros. As mulheres e crianças carregam troncos menores.

De repente, no meio da dança, um índio salta em direção ao chefe.

Ajoelha-se diante dele e recebe na testa um golpe de borduna, violento mas preciso. O sangue escorre, mas só o sangue exato que deve correr. Nem mais nem menos. As mulheres que dançam e cantam aos uivos limpam o sangue do ferido.

Dom Tristão e sua comitiva já viram essa dança outras vezes. O governador não gosta. Sente-se constrangido, acha que a dança é primitiva. Olha para Damiana, sentada a seu lado, seguindo tudo com atenção e acompanhando o ritmo com o corpo.

— Minha filha, por que vocês fazem essa dança selvagem?

— Meu povo é batizado, Dom Tristão.

— Bater assim na cabeça de um irmão!

— É o costume, Dom Tristão. Vai aumentar a força dele.

Dom Tristão balança a cabeça.

A seu lado, Damiana não diz, pois sabe que não é para dizer, mas para ela a procissão da Semana Santa dos brancos não é muito diferente. As penitências dos homens que se flagelam nos rituais católicos que ela vê em Vila Boa e dos quais tanto gosta são parecidas. Só que ali, em vez da cruz, tem a borduna.

Mas Damiana faz como Romexi lhe ensinou: não se discute com branco.

Um panará jamais conseguirá mudar o pensamento de um homem branco. É procurar peixe em poço de água parada. É tempo perdido. O branco jamais vai pensar como um panará.

Explicar, convencer, argumentar: isso é para ser feito com os seus.

Damiana não responde nem tenta convencer Dom Tristão. Sorri para ele e continua balançando o corpo no ritmo dissonante que conhece tão bem.

Outro visitante é o padre. Vem para as missas de domingo.

Não é o velho vigário de Vila Boa, é outro padre, o encarregado dos aldeamentos. É também de meia-idade, permanentemente cansado e extenuado pelo calor, o lenço de cambraia sempre nas mãos, na vã tentativa de enxugar as gotas ininterruptas de suor. Gosta da jovem Damiana, e também das criancinhas índias, mas não tem tempo nem acha, verdadeiramente, que vale o esforço cuidar daquelas almas. Ele também nunca foi catequista — os padres seculares que chegavam a Goiás naqueles anos não tinham a chama nem o dom missionário dos jesuítas. Ele acha que a conversão do índio é apenas um verniz. A própria Damiana, tão especial, tão recomendada pelo vigário-geral, às vezes vem com umas perguntas que só podem vir do fundo selvagem de sua alma, impossível de extirpar — sinceramente, é o que ele pensa.

Como no outro dia, quando ela comentou que as festas mais bonitas dos brancos são as festas da igreja porque tem cantoria e roupas bonitas. Roupas bonitas?, bom, está certo, ele concordou. Mas ela continuou (na verdade, foi a primeira e única vez que Damiana disse isso para um branco, e disse porque estava apenas conversando, desprevenida, e gostava desse padre, tinha pena dele, do calor que ele parecia sentir mais do que todo mundo; disse porque achou que ele ia ficar contente.) Disse que achava essas festas parecidas com as cantorias e as danças dos índios.

Foi quando ele ficou escandalizado e perguntou, Filha, como é que você diz uma heresia dessas? Uma festa religiosa e cristã feita para homenagear o Senhor, como pode ter algo parecido com as festas pagãs? Louvado seja Deus, pois ela imediatamente abaixou a cabeça, reconhecendo e se arrependendo do que tinha dito — que isso essa jovem tinha de bom, sabia reconhecer os erros e abaixava a cabeça e se calava. Piedosa e muito contrita, sem dúvida: isso ela sempre foi — sinceramente, é o que ele pensa.

Mas ao voltar para sua fazenda, o padre continuou refletindo sobre o assunto: por que será que a pobre criatura tinha dito aquilo? Como será que lhe passou pela cabeça uma comparação dessas? Na verdade, isso só vinha comprovar, mais uma vez, o que no íntimo ele sempre pensou: mesmo alguém como Damiana, que fez catecismo em Vila Boa, em que resultou? Nisso: ela sequer sabe distinguir um ritual do outro.

É por esse tipo de coisa que ele se sente impotente, ou melhor, não impotente, mas não tem pejo em reconhecer que é quase vã, inútil, essa pretensão, esse desafio impossível. Essas pobres criaturas muito dificilmente acharão o caminho do Senhor. No entanto, aceita com humildade a provação pela qual passa, sua via-crucis por amor a Cristo. Mesmo duvidando de seus resultados, cumpre sua obrigação: vai até lá aos domingos, celebra a missa, ensina o que pode aos meninos. Principalmente música, que os meninos gostam e ele também. Mas o que deseja mesmo é descansar. Voltar para São Paulo, sua terra. Sua mocidade, ele entregou ao Senhor e, agora, na meia-idade, acha que merece algum descanso. Rezada a missa, sempre volta quase imediatamente para o engenho. Espera logo poder se desobrigar de tudo isso, vender a propriedade e ir viver em paz no canto onde nasceu e do qual sente grandes saudades.

*

Não é só o padre que vive essa vida de espera. Os índios também.
Para eles o tempo em Maria Primeira é de preparação.
Enquanto aguardam, alguns aprendem um pouco de marcenaria; as mulheres aprendem a fiar e costurar. Homens e mulheres trabalham na lavoura — plantam milho, amendoim e cana. E os homens trabalham no pequeno engenho de açúcar.

Os meninos aprendem a confeccionar arco e flecha, a limpar o terreno para o plantio, a caçar e pescar. As meninas aprendem a preparar o alimento, a tecer, a fazer a colheita e transportar os produtos da lavoura e lenha para a aldeia.

Mas a maioria, a grande maioria, não gosta dali.
Não é a sua terra.
Não é a vida como a conhecem e amam.

Cabo de guerra

Na praça circular, à noite, quando tudo está quieto e apenas as fogueiras brilham nas choças, é hora do chefe sair no breu da noite e falar para a aldeia.

Angraíocha começa. Sua voz é daquele tipo de voz tonitruante, como se tivesse uma caixa torácica especial, voz de chefe:

Atenção, meu povo, que agora falo aos homens.

Amanhã é dia de caça. Os homens devem pegar suas armas e seguir na direção do rio Pilões. É para aquele lado que estão se reunindo os bichos. É também o caminho das onças, por isso é preciso ir com cuidado. Olhando bem para evitar encontrar com uma delas antes do tempo.

Agora falo às mulheres.

As que puderem ir junto com seus maridos, devem ir. Devem ir para ajudar com as flechas. Tenho reparado que nossas mulheres estão começando a se esquecer de algumas obrigações. Não podemos deixar que isso aconteça.

Não é porque estamos em um tempo de paz que devemos deixar de nos preparar para a guerra. Dia e noite, a guerra ronda o povo panará.

As mulheres também não devem se esquecer disso. Sempre que puderem, têm de acompanhar seus guerreiros nas caçadas. Para ajudar e incentivar a enfrentar seja lá o que for de tiver de ser enfrentado. Devem treinar para ser dois dos quatro olhos de um guerreiro. Devem treinar seu grito de aviso — Olha lá! Mata aquele inimigo! —, o grito que darão no momento das batalhas. Elas não podem e não devem esquecer nossos costumes.

Agora falo aos homens e às mulheres e às crianças.

Falo a todo o nosso povo junto. Muita atenção.

Todos vocês viram quando o Capitão Branco, Duntristán, chegou outro dia. Escutaram, uns mais, outros menos, do que ele se queixou. Agora eu repito.

Ele se queixou de nossos guerreiros panará. Se queixou de que não estamos cumprindo o acordo. Disse que homens panará estão roubando e matando gado dos fazendeiros. E eu lhe disse que se isso aconteceu não foi ordem minha, não foi do meu consentimento nem agrado.

Ainda não é chegada a hora. Ainda não estamos preparados para enfrentar os brancos.

É o que digo todo dia para vocês. É o que vocês mesmos deveriam ter olhos para ver sem precisar das minhas palavras. Se enfrentarmos os brancos agora, morreremos todos.

Eu sei que muitos de vocês, principalmente os guerreiros jovens, acham que eu posso estar errado. Querem provar a força dos próprios braços e dizem que é melhor ir logo para longe. Dizem que viver essa vida junto dos brancos não é vida de panará. Que nosso povo está desmilingüindo e acabando. E que os brancos não merecem nossa boa vontade porque nos desprezam e querem nos matar.

Isso tudo é verdade. Eu posso mesmo estar errado querendo permanecer aqui por mais tempo.

Esses tempos são terríveis e espinhosos. Uma fumaça parece estar pairando sobre nossas cabeças. Não dá para ver direito.

Mesmo nós, os velhos da aldeia que já vimos tanta coisa, não podemos ver com certeza o que está certo e o que está errado.

Nossos grandes espíritos parecem que nos abandonaram. Romexi morreu. Muitos conselheiros morreram. E os que ainda vivem ao meu redor têm a visão esfumaçada como a minha.

Por isso, eu digo, meu povo: quem quiser partir, se acha que o mais certo é partir, pode partir. Nada farei para impedir.

Em momentos como esse, cada um tem o direito de pensar com sua própria cabeça e ver com seus próprios olhos. Podem ir cada vez mais longe para um lugar onde o branco não possa chegar com o poder deles contra nós.

Mas eu, na minha humildade e minha vista esfumaçada e na experiência da minha velhice, eu acredito que ainda é preciso ficar.

Enquanto o homem-sol estiver levantando para a caça todos os dias, nós estaremos nos preparando.

Um dia haverá que os espíritos de nossos antepassados nos iluminarão e então saberemos como agir. Voltaremos ao nosso território.

Por enquanto, o tempo é de preparação e espera. Os que quiserem ficar comigo nessa espera, que fiquem. Chegará o dia em que voltaremos para nossa terra. E para isso, quando for a hora, lutaremos.

Mas, até lá, os que ficarem têm de fazer como minha palavra disser para fazer. Essa é a minha única condição.

E é só o que tenho a dizer a vocês nesta noite sem lua no céu.

Os jovens guerreiros se agitaram com o discurso.

Na manhã seguinte, no entanto, nenhum deles foi embora. Todos permaneceram ao lado de Angraíocha, cujo braço poderoso já dera suficientes provas de poder e sabedoria. Seus feitos de antes da trégua eram contados e rememorados todos os dias nas aldeias. Muitas e muitas vezes ele soube vingar com força e valentia o mal que lhes fora feito. E se hoje sua vista talvez estivesse ficando esfumaçada, sua voz ainda impunha respeito. Era como ele tinha dito: os tempos que viviam eram por demais desconcertantes. Ninguém podia saber ao certo o que fazer.

Mas enquanto o grande chefe estivesse vivo, eles ficariam a seu lado.

Como Damiana. Que está sempre onde Angraíocha está. Como seu braço direito. Aprendendo.

Ela é agora uma jovem mulher. Já passou pelos rituais de integração da adolescente. Já menstruou. Está pronta para sua vida de adulta. É observadora e reflexiva, como Romexi a ensinou a ser. E como seu povo aprende a fazer desde criança, ela sorri. É alegre. A primeira atitude de um panará, ao abrir os olhos pela manhã, é a de contentamento e aceitação por viver aquele dia.

Damiana segue sua vida de mediadora, de traz-e-leva oficial. É a encarregada de levar as queixas dos índios para Vila Boa e levar as ordens de Vila Boa para os índios. É o seu papel na aldeia, a tarefa para a qual foi preparada.

Para explicar a um o mundo do outro.

E é o que tenta fazer constantemente, mesmo quando, muitas vezes, não sabe como explicar, pois também não entende. Outras inúmeras vezes, ela se depara com a recusa de um em querer saber das razões do outro. São os momentos de conflito em que os dois lados estiram ao máximo o cabo de guerra que cada ponta segura. E ela, bem no meio, inexperiente, mal saindo da puberdade, vê seu coração se afligir e sua mente escurecer.

Dentro da própria aldeia também há outros momentos difíceis.

Os momentos em que Angraíocha é questionado pela impaciência de outro cacique ou dos guerreiros jovens que ainda não aprenderam a controlar sua força. Dos que querem a guerra.

São momentos em que o grande chefe tem de fazê-los se lembrar de coisas tristes.

Voltem seus olhos para trás, ele diz.

Vejam como ficaram os que não vieram, como nós viemos, para o refúgio do branco, depois da grande seca e da grande chuva. Vejam como sofreram mais do que nós e como tantos, que não dá nem pra contar, morreram.

Muito mais do que nós, os que viemos.

Nesses momentos, no entanto, é como se sua fenomenal caixa torácica relutasse em dizer coisas das quais não têm completa clareza, e sua voz não é a mesma. Não parece o mesmo cacique falando.

Nesses momentos em que a tristeza e a dúvida o assaltam, ele muitas vezes não encontra respostas para dar. São momentos cada vez mais freqüentes na sua cabeça de chefe.

Angraíocha sabe que já não é o mesmo nem tão poderoso nem tão forte como era naquele dia que entrou na cidade do homem branco para negociar a trégua. Não tem mais o mesmo garbo. Nem a mesma confiança. Está envelhecendo. E não conhece mais seu mundo; conhece menos. Esse mundo que já não é, de jeito nenhum, o mesmo.

O mundo de Damiana também não é o mesmo, e muda em ritmo veloz.

Mas no caso dela, as mudanças são boas.

E começam uma tarde, quando ela passa por um grupo de soldados na praça do aldeamento. Eles estão bebendo e dizem gracinhas e ela responde sorrindo, como é seu costume. Dessa vez, no entanto, no meio de todos eles, ela vê apenas um. Um soldado que nunca vira antes, um rapaz que está agachado, riscando o chão com um graveto.

Ele levanta os olhos para ela, e também sorri.

É o sargento pedestre José Luiz Costa.

Depois desse dia, muitas outras vezes ela o vê por ali, sempre ele, que parece brincar de esconder os outros. Quando ela o vê, os outros desaparecem.

Até que uma tarde ela o vê realmente sozinho.

Ele está na beira do rio e tira a camisa e a calça de soldado para mergulhar na água límpida e fresca. Sua pele tem a brancura leitosa da lua crescente; parece pintada com tabatinga. Damiana gosta muito da cor da pele branca; acha bonita, tem vontade de tocar.

Dali de onde está fica espiando o rapaz forte tomar banho no rio — um dos raros brancos que gosta de entrar na água. Acha graça nele. E logo percebe que ele viu onde ela se esconde, e também acha graça. Está gostando de ser espiado por ela.

Não demora muito, Damiana chega mais perto.

Ri pra ele e ele ri de volta.

Estão contentes, os dois.

Ela quer aquele homem, e ele também a quer. É tão fácil, tão simples e tão gostoso. O mato à beira do rio é cheio de cama de folhas farfalhantes e acolhedoras. Ela sabe onde se deitar. Ele a segue, rindo. Aprende o jeito dela, e ela o jeito dele. E rindo continuam: o riso é parte do prazer. Esse prazer antigo, grande e, no entanto, tão repleto de mistérios.

Exatamente como o próprio mundo.

José Luiz é como muitos daqueles pedestres, um rapaz sem família, órfão de pai e mãe. Veio para a capitania no grupo de um tropeiro e, sem pensar muito, resolveu se engajar na Companhia dos soldados pedestres de Vila Boa. Sentia vontade de parar em algum canto. Cansara de viajar seguindo ordens dos outros. Gostou da região e sua vegetação estranha que no começo lhe pareceu solitária e triste, mas logo viu que era falsa impressão: o cerrado não carece de belezas nem de alegrias.

Como soldado pedestre, foi enviado para o batalhão do aldeamento Maria Primeira onde, desde que chegou, apreciou o modo de viver dos cayapós. Era um dos raros pedestres, talvez o único, que preferia a companhia dos índios à dos colegas brancos. Entre os índios ninguém lhe dava ordens, era ele por si só. Ele e o mundão daqueles matos e daquela zoeira de bichos. Gostava de caçar e de pescar, e os índios lhe ensinavam o que ele não sabia.

Passava os dias por ali: como soldado, sua tarefa era a de vigiá-los para trabalhar, mas não amolava a vida de ninguém. Deixava-os em paz. Com o tempo, passou a se sentar ao redor da fogueira do centro da aldeia à noite, levando a garrafinha de aguardente que repartia com os novos amigos. Gostava daquele estilo de vida. Gostava da alegria dos índios, do riso fácil, do jeito de viver para o agora, o presente.

Gostava muito do jeito índio de fazer amor. Nunca antes tinha trepado assim: desse jeito claro, cheio de risos e de levezas. Todo nu.

Era o homem de Damiana, agora. E logo vai morar na choça grande da família da moça. Passa a maior parte do tempo lá na aldeia.

Manoel, que mora na Casa dos Homens, fica amigo dele e brinca, no seu português ruim:

— Cunhado tá virando índio.

Ao que ele ri e responde:

— Por mim, tá é muito bom. Se vocês me aceitarem, qualquer dia desses viro mesmo.

Quando Luiz foi viver com Damiana, o padre encarregado dos índios de Maria Primeira resolveu mandar chamá-lo para conversar.

Luiz veio prestimoso, e nem bem se sentou no banco da miúda sacristia, o padre começou a falar. Disse que já estava sabendo do que acontecera entre ele e Damiana e, como sacerdote, lhe avisava que era agora imprescindível que se casassem. Que embora soubesse que o casamento entre brancos e índios não era nada comum — e ele sabia muito bem o que era comum, não pensasse que ele não sabia que os homens brancos se deitavam com as índias e as deixavam prenhes ou lhes passavam doenças venéreas, sem casar. Que sabia, sim, de tudo isso e era lamentável não poder fazer nada, mas numa terra onde até o próprio governador, o próprio Senhor Dom Tristão, vivia em concubinato incestuoso com mãe e filha, o que um pobre padre de uma aldeia de índios podia fazer? Nada. Mas no caso de Damiana, não permitiria que fosse assim. Aquela jovem não era mais uma selvagem; era católica apostólica romana e devia viver seguindo as leis de Deus. Devia ser um exemplo. Se ele quisesse viver com ela, os dois tinham de se casar na Igreja.

Luiz, a quem o padre só deu a palavra quando acabou de falar tudo o que queria, tal qual enxurrada de chuva forte, respondeu com seu jeitão cada vez mais sossegado, que eles já eram casados pelas leis dos cayapós e, portanto, não via nenhuma objeção ao desejo do padre de também casá-los pela lei da religião católica. Se Damiana concordasse, por ele estava tudo bem.

Para Damiana, também, o casamento pelas leis dos brancos lhe pareceu perfeitamente aceitável, e os dois se casaram num domingo, depois da missa.

Uma das duas mulheres de Dom Tristão, a mais velha, a mãe, que era quem decidia essas coisas, lhe deu um vestido novo de algodão e um véu branco.

O comandante ofereceu uma recepção para os noivos com aguardente para todos e a bandinha dos pedestres tocando. Anunciou, então, que o casal receberia do governo uma das melhores casas do outro aldeamento, o de São José de Mossâmedes.

Mas isso os noivos disseram que não precisava, não poderiam aceitar. Damiana queria permanecer em Dona Maria Primeira, morando, como antes, perto de Angraíocha. E como era costume cayapó, o noivo já estava morando com a mulher e sua família, não precisariam de outra casa.

Aquele oferecimento de casa em São José de Mossâmedes, no entanto, não era um mero presente de casamento e sim parte do começo da grande pressão para que todos eles, não só o novo casal, mudassem de moradia.

O aldeamento de Mossâmedes estava praticamente vazio. Os outros povos indígenas, os inimigos dos cayapós que antes estavam assentados ali, ou tinham fugido ou morrido com doenças. A vila, muito maior do que a de Maria Primeira, e bem mais equipada, ficara quase abandonada. E como Maria Primeira, por sua vez, também via sua população diminuir a cada dia pelas fugas constantes, as autoridades decidiram que a solução melhor seria juntar os dois aldeamentos e diminuir as despesas.

Mas os índios não concordam. Não querem sair dali, o lugar escolhido por Angraíocha. Não querem nem ouvir falar disso.

Muito menos agora que o grande cacique está doente.

Algum tempo depois, na hora quieta da noite, quando a luz vem só das estrelas e das fogueiras brilhando no interior das choças, hora em que os homens e mulheres, já tendo cumprido as tarefas do dia, estão tranqüilos e atentos, Angraíocha pede à neta que o ampare até o centro da aldeia.

Ali, com a voz ainda alta e segura que reúne forças para oferecer, e pela última vez, ele começa:

Agora falo aos homens, as mulheres e às crianças.

Falo a todo o meu povo porque essas podem ser minhas palavras de despedida.

Sei que já não viverei muito, não verei o dia em que meu povo voltará a sua terra de alegria e abundância. Mas sei que esse dia chegará porque nossos antepassados não nos deixarão abandonados para sempre.

Nós somos um povo guerreiro. Nós somos o centro do nosso mundo. Nós sabemos lutar.

Nossos filhos, na Casa dos Homens, aprendem desde cedo o valor de defender seu povo, de suportar a dor pelo seu povo, de não abandonar o território de seus ancestrais. Aprendem a usar a flecha e a borduna. Com a borduna nós somos temidos, somos o povo temido das bordunas, porque treinamos nossos guerreiros para usá-las com grande perícia.

Mas somos temidos também por outras coisas.

Nós somos aqueles que sabem usar o fogo na guerra. Somos aqueles que "trazem o fogo nas mãos". Pois é isso que em tupi significa o nome cayapó, como eles nos chamam.

Esse é um nome bom para nós. Sabemos fazer do fogo um aliado nosso. Tanto na guerra como na plantação. Sabemos queimar o que tem de ser queimado.

Temos também a astúcia dos ataques de surpresa, o bom ataque. Somos aqueles que sabem quando atacar. Sabemos que a surpresa é arma tão boa quanto a borduna, a flecha e o fogo.

E nos bons ataques, nossas mulheres fortes também sabem vir conosco. Elas transformam nossos olhos em quatro para ver a posição do inimigo. Elas colocam as flechas em nossas mãos no momento exato em que das flechas precisamos.

Além disso, também conhecemos cada pedaço de nosso grande território. Só atacamos quando estamos preparados e certos da vitória.

Essas são as leis da nossa guerra. As leis que nos fazem guerreiros temidos e poderosos. E é por isso que há muito tempo não atacamos. Desde que estamos aqui nesta aldeia dos brancos, não atacamos mais.

Isso que dizer que nós deixamos de ser guerreiros?

Não.

Isso quer dizer que estamos nos preparando.

Quer dizer que estamos respeitando a nossa lei de guerra que nos ensina a não atacar se não estamos bem preparados. Quer dizer que somos como nossos antepassados foram, um povo que sabe lutar porque sabe se preparar para a luta.

Vai chegar outra vez o momento, meu povo guerreiro, quando voltaremos ao nosso território e, se for preciso, vocês pintarão uma vez mais o corpo com as cores negras do jenipapo, nossas cores de guerrear.

E, se for preciso, tomarão do inimigo o que for preciso tomar.

Assim como nossos antepassados tomaram dos inimigos a batata e o cará, nós tomaremos da tribo dos homens pálidos as armas de metal e a fonte das miçangas.

Preparem-se, meus guerreiros. Aprendam a esperar e a se fortalecer na espera.

Nós somos o grande povo panará dos nossos antepassados. É esse grande povo que continuaremos sendo.

Na manhã seguinte, Angraíocha não se levantou.

Sua morte, poucos dias depois, foi chorada por todas as aldeias do extenso território panará. Sem Romexi, e agora sem Angraíocha, a grande nação mergulhou no lamento do luto.

Quando os rituais do funeral terminaram, no entanto, muitos decidiram deixar o aldeamento. Principalmente os jovens guerreiros, que não havia mais quem os segurasse.

No lugar de Angraíocha, como cacique da aldeia, ficou Teseya, filho de Xaquenonau, o outro chefe que entrara glorioso na cidade branca naquela primeira e longínqua manhã da trégua.

Gosto do açúcar

Manoel da Cunha, o irmão de Damiana, era agora um guerreiro. E nos seus dias e noites de sonho, ele via Teruza.

Desde a manhã que ela lhe deu o alfenim na porta da igreja, ele via a imagem da menina branca lhe sorrindo. A alvura do doce arredondado reluzindo como moeda branca na mão pequenina e cor-de-rosa.

Com o tempo, a imagem de menina foi mudando para a imagem da adolescente e da moça. Naqueles anos todos, quando ia a Vila Boa para as festas religiosas, Manoel passava um bom tempo caminhando de um lado para o outro da ponte dos Telles, na esperança de que em algum momento Teruza saísse à porta ou aparecesse à janela da grande casa à beira do rio.

Um dia, ele descobriu uma maneira de entrar no quintal, trepando no muro do fundo, e se escondendo no alto dos galhos de uma das árvores. Lá ficava acocorado entre os ramos e folhas, esperando que ela aparecesse. Quando isso acontecia, seu coração parecia um tronco destrambelhado socando em seu peito. Tinha de se esforçar para não perder a concentração e o esconderijo.

Via Teruza também na igreja, quando conseguia dar um jeito de achar um lugar de onde pudesse ficar espiando seus modos de moça branca, tão diferentes das moças de sua aldeia. Quando juntava coragem para passar perto, o chão parecia se abrir por algum feitiço do sorriso, que uma ou outra vez, ela lhe dirigia.

Um ou dois momentos, nesses anos todos, ele ousou chegar mais perto e ela chegou a lhe dizer uma ou duas frases polidas. Que ficavam sem resposta porque Manoel nunca sabia ao certo o que dizer — não era bom na língua dos brancos. E ela ria, e puxava a manta para esconder o risinho — já começara a se envolver na manta ao sair de casa e já sabia perfeitamente como usá-la.

Depois que Damiana se casou com Luiz, um branco, Manoel começou a pensar que poderia também se casar com uma branca, Teruza. Não disse nada a ninguém, nem mesmo à irmã.

Quando fez sua primeira grande caçada, era um belo rapaz.

Forte, musculoso, veloz. Exibia suas cicatrizes e pinturas tribais com todo orgulho que lhe dava o fato de ser jovem, ser panará, e ser guerreiro. Além disso, era neto do grande Angraíocha.

Jovens mulheres da aldeia olhavam-no com admiração e interesse, mas a imagem que ele via em seus pensamentos amorosos era a da moça branca.

Chegou o momento, então, que achou que era o tempo certo e decidiu ir à cidade ver Teruza. Era época da festa do Divino e com certeza ele a veria na igreja. Não sabia como a abordaria, não sabia como os brancos faziam quando queriam se casar, nem sabia direito como dizer em português o que pretendia dizer a Teruza, mas agora que o momento chegara, achava que tudo só podia ser como pensava que seria. Ele era bravo, era corajoso e sabia se comportar como um guerreiro. Não havia o que temer.

Chegando à Vila Boa, foi direto para a beira da ponte e viu Teruza saindo de casa.

Para seu espanto, ela estava vestida de preto, da cabeça aos pés: mangas compridas e gola alta e a saia, como se usava então, cobrindo as botas de couro também pretas. O coração de Manoel se acuou com o mau agouro. Preto era a cor da tristeza, da perda e do luto. Ou cor da guerra e da caça, cor que atrai a força e valentia.

Ele jamais a vira vestida assim.

Por qual motivo seria? Para cobrir uma tristeza ou se disfarçar para a batalha?

Arrependeu-se de não ter falado com Damiana antes de vir. A irmã entenderia aquela roupa que fazia a moça branca parecer um pássaro preto. Feio, aziago, sem graça. Era a primeira vez que não achava Teruza bonita, essa Teruza-urubu. Confundiu-se todo e se afastou, deixando que ela passasse de cabeça baixa, sem dar sinais de vê-lo, direto para a igreja.

Pensou mais uma vez em se aconselhar com a irmã. Mas onde estava Damiana?

Lá dentro na igreja, na fileira dos bancos da frente onde gostava de ficar.

Ele não queria entrar ali. Não era como ela, não gostava dos rituais dos brancos na igreja. Não via beleza na cantoria sem graça e sem ritmo. Além disso, o calor de tantos corpos juntos num lugar pequeno e fechado dava-lhe sonolência, apatia. Para completar, não era comum entre os irmãos esse tipo de consulta amorosa. Ele estava saindo dos costumes, é verdade, como a irmã saíra, mas isso ela ficaria sabendo depois.

Esperou, então, que Teruza voltasse da missa. Ficou por ali mesmo, acocorado perto da ponte.

A moça branca, enlutada, demorou a sair da igreja e, quando ele a viu na esquina, sentiu algo parecido com o que sente o caçador ao ver o bicho esperado surgir em uma espreita na mata. A mesma adrenalina.

Mas, aqui, ao contrário da mata, de súbito sentiu receio de se acovardar.

Concentrou seu pensamento na bravura que tantas vezes já demonstrara, na onça que já enfrentara com dois companheiros, e no primeiro tapir que matou sozinho. Pensou nas lutas na aldeia, onde era campeão e só fora derrotado uma vez pelo primo mais velho e já cacique. Pensou na pontaria de suas flechas e na maneira elegante como sabia bater os pés e rodopiar nas danças rituais da aldeia. Pensou em todo o seu valor como guerreiro índio.

Acalmou-se.

Quando Teruza chegou perto da porta de sua casa, foi a sua vez de se assustar ao ver Manoel surgir quase do nada e de repente falar seu nome, que nunca antes o escutara dizer. Nem imaginava que aquele índio, que de vez em quando via pelas ruas ou na igreja, sabia quem ela era.

Parou, e a escrava que a acompanhava parou com ela.

Girou e levantou a cabeça para olhar para ele que, inopinado, como um guerreiro que avança sobre a presa, avançou e disse, sem fôlego:

— Quero casá c'ocê. Vamo?

Teruza arregalou os olhos. No milésimo de segundo que levou para entender a fala esquisita do índio, assustou-se. Mas passado esse segundo de espanto, o pavor inicial, ela riu.

Achou graça do índio ali, com o jeito estranho e quase ofensivo, a intenção descabida.

Aquele índio, de rosto redondo e largo, olhos pequeninos, os cabelos na testa à altura da sobrancelha — queimados com capricho no dia anterior com carvão aceso. Aquele selvagem, de nariz achatado, lábios grossos, um pedacinho de madeira pendendo do lábio inferior, orelhas também perfuradas com pingentes, apoiado nas pernas musculosas e nos dedos abertos que faziam seus pés parecerem pés de pato.

Começou a rir. Riu muito. E dessa vez não ria para ele, mas dele.

A escrava, ao lado, começou a rir também. Gargalharam as duas.

— Índio, você perdeu o juízo! O que significa isso, casar comigo? Volte pra sua aldeia, vá.

A escrava, também gargalhando, comentou:

— Vai pra sua tapera, xô, xôoo!

Manoel sente uma escuridão avermelhada baixar sobre seus olhos e sua testa.

Não lhe passara pela cabeça nada parecido com uma reação assim. Era homem guerreiro, amado em sua aldeia, orgulho de seu povo. A irmã tinha se casado com branco, por que não poderia, ele também, se casar com moça branca?

Por que ela estava rindo assim esganiçado, esse riso feio? Estava rindo dele?

Rá rá rá!! Ri! ri! ri!

Xôoo, xô!

Ficou confuso, é certo, mas entendeu perfeita e doloridamente que o significado daqueles gestos e falas e da gargalhada terrível e estridente era humilhante.

Seu rosto jovem e confiante se contraiu, fechando-se em um ricto murcho.

No mesmo segundo, virou-se com seus pés de dedos abertos e saiu correndo dali, mortalmente ofendido.

Mas não devemos pensar que entendemos com exatidão o que aconteceu com Manoel. Não devemos considerar o que se passou ali um entrevero do que costumamos chamar de clássica frustração amorosa. O amor romântico, tão entranhado na civilização ocidental, não fazia parte do mundo de Manoel. O que houve ali foi atração sexual, certamente, mas misturada a um outro tipo de sentimento que nunca saberemos com precisão qual foi.

Seja como for, no entanto, afetou Manoel de alguma forma profunda. Quando ele voltou à aldeia, não contou o que aconteceu a ninguém. Aprontou suas coisas para partir em sua primeira jornada solitária de guerreiro feito, e partiu.

Passou meses fora, andando pelo sertão, indo às aldeias panará, enquanto a grande humilhação mal compreendida da imagem gargalhante da Teruza-urubu, da Teruza-abutre, transformava-se em uma escarificação em seu espírito e o fortalecia.

A partir daí entendeu perfeitamente que índio e branco eram duas coisas que não se misturavam.

Nunca mais viu Teruza.

Mesmo quando, já esquecido do vulto-urubu, do vulto-abutre, ele voltou a Vila Boa, ela já não estava na cidade. Uma desgraça caíra sobre sua família.

Seu luto, naquela distante manhã, tinha sido pela morte da mãe, e não muito depois sua vida mudou radicalmente, quando o tio, importante cidadão da cidade, foi acusado de ter participado da Conjura Mineira, e preso. Anos depois, esse seu tio Telles acabaria morrendo na cadeia. Mas antes disso, ela, agora órfã, depois da prisão de quem a amparava, teve de procurar abrigo na fazenda de outro parente, dessa vez nos arredores de Cuiabá.

Ninguém do aldeamento nunca mais ouviu falar de Teruza. Muito menos Manoel, que jamais voltou a olhar para qualquer outra moça branca.

O que, na verdade, não era nada difícil, porque as moças brancas não andavam pelas ruas, e ele nunca entrava na casa de ninguém quando ia à cidade. A única casa branca onde chegou a entrar foi no palácio do seu padrinho, quando ainda era criança.

Tempos depois, Manoel estava ensinando seu cunhado Luiz a fazer as flechas panará. É na língua panará que eles conversam: Manoel fala mal a língua dos brancos, mas Luiz já aprendeu a falar com fluência a língua da mulher e de seus novos parentes.

Manoel explicava que havia vários tipos de flechas, mas as principais eram duas.

A de matar inimigo e animais grandes ou espertos como o macaco, mas essas ele não podia ensinar. Eram flechas sagradas dos guerreiros panará.

A outra era a flecha de não-matar, feita para os pássaros, que é assim: na ponta se coloca uma pedra achatada, mas não afiada. É só para golpear o pássaro e fazê-lo cair, mas sem cair morto, para que se possa apanhá-lo e sentir sua quentura macia e viva, palpitante, entre as mãos.

Ficaram um tempo ali montando as flechas.

Enquanto isso, pelo pensamento de Manoel começou a passar a vontade de contar a Luiz, que era branco mas era amigo e quase irmão, o que havia lhe acontecido. Talvez Luiz pudesse lhe explicar o que até agora ele aceitara mas não entendera completamente. Talvez adivinhasse o motivo daquela gargalhada estridente da Teruza-urubu.

E então lhe contou como havia pensado em se casar com a moça branca da Casa da Ponte, e se Luiz sabia lhe explicar por que ela e a escrava tinham rido daquele jeito dele.

Luiz sabia perfeitamente.

— Era moça rica, Manoel. Os brancos não são todos iguais, não. No mundo dela, dos brancos ricos, não tem lugar para um panará. Eles acham que índio é bicho, que não é feito de carne, sangue e idéias como eles. Ela riu porque achou que era um disparate, uma coisa que nem dava para pensar, isso de você querer casar com ela, entende?

— Hum....

— Mas se quiser mesmo casar com moça branca, talvez eu possa ajudar. Ajudo você a procurar uma moça pobre que não ache que índio é bicho, que goste de índio. É custoso, mas deve ter, em algum desses ranchos por aí. Mas não vai ser em Vila Boa, porque lá mesmo as moças pobres têm muitos pretendentes e têm medo e ódio dos índios.

— Pode deixar. Não quero mais casar com moça branca nenhuma. Eu, não. Nunca mais. Quero mulher panará que nem eu.

Nessa tarde, Manoel se prepara para uma dança especial. Quase como se fosse a última expiação que se deixa prestar à moça branca. Pinta-se todo de preto, caprichosamente; quer virar um urubu.

Quando está pronto, chama um grupo de guerreiros e com eles forma um círculo. Começam a cantar, marcando o compasso com os pés sem sair do lugar. Os tocadores sentam-se em volta com os tambores e as maracas.

Rô!Rô!Rô!

O canto aos poucos se anima e eles começam a rodar, pernas ligeiramente dobradas, corpos inclinados para frente, dando pequenos saltos, leves e ligeiros.

Manoel vai para o meio da roda.

Com os mesmos passos ritmados, curva o corpo e se abaixa. Junta os dedos e as mãos para formar um bico. Bate com o bico no chão várias vezes e está pronto: é um urubu perfeito.

Ergue ao meio o corpo em curva. De frente para os outros dançarinos, põe-se a fazer contorções, fingindo querer golpeá-los com o bico duro de suas mãos unidas.

É um verdadeiro urubu, todo preto, dando bicadas na carniça.

De repente, passa pelo círculo e corre atrás das crianças, mas logo volta para a roda e continua a dançar.

A aldeia ri, canta e corre.

A alegria de novo habita Manoel.

Além do cunhado, Manoel tem outro amigo que não é índio: Serafim, o escravo de Damiana.

Serafim vive no aldeamento e trabalha na roça para sua dona, cuida dela como cuidava quando ela era menina na casa de Dom Luiz.

É grande conversador, e muito procurado para explicar e contar histórias dos brancos. Gosta daquela vidinha entre os índios, só não gosta de andar pelo mato porque tem horror a mutucas, carrapatos e borrachudos. E prefere morar numa das casas construídas pelos brancos e não nas choças.

Sempre está acocorado por ali, conversando com um ou outro.

Damiana o respeita e escuta. Ele lhe explica muita coisa sobre os brancos.

Nesse final de tarde, por exemplo, depois do trabalho na roça, Manoel e Serafim estão comendo um favo de mel que Manoel trouxe do mato. Damiana também. A pasta dourada e suavemente pegajosa passa de mão em mão, enquanto eles conversam.

Manoel quer saber por que os padres dizem que os filhos de Deus são proibidos de matar, mas os brancos matam assim mesmo.

Serafim diz que é porque tem muito branco que não é filho de Deus, que é pecador e não respeita as ordens dos padres.

Manoel diz que, então, não conhece nenhum filho de Deus, porque todo branco que ele conhece mata. Os guardas e os pedestres, ele acha que todos eles já mataram muito índio por esse cerrado afora. E o tanto de ruindade que eles fazem, que é quase como matar. Os castigos todos, o tronco, o "colar". O branco é muito ruim.

Serafim diz que é verdade e que isso ele também não entende nem sabe explicar. Quando começa a pensar nisso, parece que sua cabeça vai entortando.

Eles riem da cabeça torta de Serafim.

Damiana então fala uma coisa que o velho vigário-geral de Vila Boa lhe disse nas aulas de catecismo, quando era menina, e ela nunca esqueceu. Que não era para tentar entender nada, só guardar na cabeça o que ele dizia que uma bela manhã de sol, quando ela abrisse os olhos, ia ver que tudo ficava claro e pronto. Entenderia.

Serafim diz que se era assim, então, era só ela esperar. Quanto a ele mesmo, achava que ia morrer sem entender um monte de coisas. Mas acreditava que no céu, isso sim, no Reino do Senhor tudo seria muito diferente.

Serafim é um dos poucos moradores do aldeamento que assiste à missa quando o padre aparece. Ele e Damiana. Ele porque realmente se sente bem ao obedecer os mandamentos da igreja; e ela porque continua gostando do cheiro do incenso e das campainhas e do palavreado em latim do padre.

E da importância de estar na igreja.

E porque é isso que esperam dela, da Damiana-ponte.

Um ultimato

Morto o grande chefe Angraíocha, as coisas só fazem piorar.

A verba da Coroa para o aldeamento escasseia. O novo governador, Dom Francisco de Assis, está muito nervoso com a situação e a pressão dos colonos. Não conhece os índios como Dom Tristão — que passou 17 anos no poder. Qualquer vaca que some no quintal de qualquer um é culpa dos índios. Os bandidos e malfeitores da região se escondem atrás desse bode expiatório natural: tem bandoleiros que chegam ao requinte de deixar flechas roubadas dos índios nos pastos de onde roubaram as vacas.

Dom Francisco sabe disso, mas sabe também que os índios não são inocentes. São uma ameaça concreta, mais ainda agora que Angraíocha, o chefe que queria a paz, já não está entre eles. Os guerreiros jovens que continuam ali estão inquietos, prontos para se rebelar, o que é, aliás, o que vivem fazendo com as fugas do aldeamento, do seu ponto de vista, completamente inexplicáveis.

Mas os problemas de Dom Francisco não são só esses, tem muitos outros, como sempre; na verdade, inúmeros.

Ao chegar, encontrou Vila Boa em pé de guerra, dividida entre os partidários do governador que ele veio substituir, Dom João Manoel de Menezes e seu primo, Dom Tristão de Menezes, também ex-governador, homem de forte influência na capitania e que, ao contrário do usual, quis continuar morando ali. Dom Tristão de Menezes e suas duas concubinas, a mãe e a filha.

As intrigas políticas faziam da ex-pacata cidade um ninho de cobras e tinham chegado ao auge agora, com a prisão de Dom Telles, o tio de Teruza, acusado de ter tido participação na conjura mineira de Vila Rica. A Casa da Ponte está fechada, de luto.

Dom Francisco tem muito pouca paciência e vontade para tratar com os índios. Prefere deixá-los por conta do comandante militar encarregado do seu controle direto.

A guarda no aldeamento é reforçada. Pedestres armados acompanham os homens e mulheres nas roças para se certificar de que o trabalho é feito. Os castigos tornam-se mais constantes e violentos.

O ciclo vicioso se instaura.

Os cayapós, por sua vez, estão com o estopim curtíssimo.

Os brancos são brutos. Querem mandar. Querem que eles trabalhem muito mais do que é preciso. Os jovens — é quase impossível evitar isso — cada vez mais se convencem de que não adianta esperar, não haverá saída: preferem morrer na glória da batalha a viver aquela vida de cativos.

As fugas aumentam. Eles começam a abandonar o aldeamento em bandos, com as novas armas que tinham adquirido e aprendido a usar.

E mesmo os que ficam estão morrendo. Morrem a morte da paz, com a doença dos brancos.

Dona Maria Primeira começa a entrar em colapso.

Uma tarde, três pedestres chegam arrastando dois índios. Tinham se recusado a trabalhar na roça e estavam sendo chicoteados na praça.

Antes, os soldados nunca haviam levado índios para serem castigados na praça. Os entreveros e brigas que aconteciam eram resolvidos na roça ou no local do tumulto, e nunca tinham ido tão longe como daquela vez.

Ao ver o tumulto, Damiana vai até a praça e manda que os soldados parem.

— São ordens superiores — eles respondem. — Esses preguiçosos precisam aprender um pouco de respeito.

— Agora vai ser assim: quem não quiser trabalhar por bem, vai ter de trabalhar por mal.

Chicoteiam mais. As pontas de couro finíssimo formam riscos de alto a baixo na pele vermelha: por um segundo, são imperceptíveis de tão brancos, mas logo se inundam de sangue, espesso e rubro, e começam a escorrer. A dor é parecida com a da escarificação — e não é a dor que importa. À dor eles aprendem a resistir. O que importa é a humilhação, a sujeição que ela representa — e isso eles não aprenderam e jamais aprenderão a suportar.

Os índios castigados rangem os dentes. Os olhos estão cheios de ódio e é certo que esses dois serão os próximos a tomar o caminho do sertão.

Damiana corre até a casa do comandante. Vai pedir que ele dê as ordens e faça os soldados pararem com o castigo. Um deles, Taboriqui, tinha planejado fugir pouco tempo atrás, mas ela o convencera a ficar. Sente-se responsável pelo que está acontecendo, por cada estria deixada pelo chicote.

O comandante, deitado na rede, disse que agora seria assim, e que era melhor que ela fosse cuidar da própria vida. A ordem era essa: fazer esse bando de selvagens aprender a trabalhar nem que fosse à força. Que Dona Damiana, se quisesse, fosse se queixar em Vila Boa.

É o que ela faz, imediatamente: sai em direção à cidade. Luiz a acompanha. Ele também está revoltado com o que vê.

Quando volta, no dia seguinte, Damiana vai conversar com Teseya, o cacique. Em Vila Boa, ficara conhecendo o novo governador e não gostara dele. Quer conversar com o cacique e lhe contar o que aconteceu e o que ouvira.

Damiana agora é mulher feita e sua voz é clara e forte. A eloqüência dos chefes panará ela tem. Tem também a sabedoria dos costumes e da cultura panará. E a liderança. É a detentora de um papel imprescindível para todos eles. Fora a pessoa escolhida pelos velhos Romexi e Angraíocha para ser a irmã-ponte, a irmã-que entende.

Os panará a escutam.

Ela procura pelo cacique na aldeia, mas vai encontrá-lo debaixo de um angico alto e grosso, imponente, um tanto afastado.

Teseya está sentado e sua testa sangra.

Sentara-se ali justamente para escarificar a testa e eliminar o sangue ruim. Sentia que o excesso de sangue da ira estava contaminando seu corpo e fazendo sua cabeça latejar. Com um arco em miniatura, lançava flechas pequeninas, de não mais que vinte centímetros, na parte latejante da testa. As flechinhas têm na ponta uma farpa de quartzo com uma saliência em forma de botão, para não deixar que a farpa penetre mais do que deve.

A testa de Teseya agora está cheia de pontinhos rubros, e o sangue escorre pelo seu rosto. O pulsar da ira começa a fraquejar.

Damiana senta-se a seu lado e espera que ele termine o ritual de purificação.

Quando o sangue pára de escorrer, Teseya vai ao rio se lavar. Volta para a sombra do angico e se senta junto a Damiana. Sente-se mais tranqüilo. Diz:

— Estou pronto, irmã. Pode falar.

Damiana então lhe conta com detalhes tudo o que Dom Francisco lhe disse.

O novo governador quer que todos se mudem para o aldeamento de São José de Mossâmedes. Insistira em repetir várias vezes que Mossâmedes estava praticamente vazio, e era um lugar muito melhor e muito bem equipado, era quase suntuoso, eles iam gostar.

Em resposta, ela lhe explicou mais uma vez o que já explicara antes várias vezes para Dom Tristão e Dom João Manuel, os governadores que o antecederam.

Que seu povo queria ficar em Maria Primeira porque se sentia melhor ali, no local que Angraíocha escolhera. Não lhes importava o fato de Mossâmedes ser uma aldeia "quase suntuosa" e melhor. Queriam ficar onde já estavam. Queriam a terra que era mais parecida com o território tradicional dos cayapós.

Mas Dom Francisco disse que eles iam ter de se mudar. Que a Fazenda Real não tinha mais condições de sustentar dois aldeamentos, com tanta gente fugindo e tão mal-agradecida. A população dos aldeamentos estava pequena demais, a solução era juntar os dois em um só. Que com tantos rumores do reinício de ataques dos índios, e não só rumores, mas ataques acontecendo de fato, estava difícil controlar a fúria dos colonos e fazendeiros, e também a dos soldados responsáveis pela ordem nos aldeamentos. Se todos fossem morar em Mossâmedes, a vida de todo mundo seria mais fácil.

A conversa tinha sido tensa.

O governador levantava-se e se sentava, sentava-se e se levantava, o tempo todo inquieto, indo de um lado para o outro. Franzia as sobrancelhas e as juntava em uma só, formando como se fosse o bicho peludo da impaciência no alto da sua testa.

Praticamente não escutava o que lhe dizia Damiana. Não queria escutar.

Sua voz saía dura como um novo tipo de ferramenta. Batendo no ouvido dela e querendo rachar sua cabeça para entrar. Acabou o encontro dizendo claramente:

— A senhora sabe falar bem a nossa língua, Dona Damiana. Mas parece não entender o que estamos tentando dizer. Vocês *terão* de se mudar. É uma ordem. Um ultimato.

Teseya sentiu a pulsação da ira começando a latejar de novo em suas têmporas.

Mas dessa vez estava revoltado demais para pensar em se escarificar. Levantou-se e pegou a borduna que estava a seu lado e com ela começou a golpear o ar, como se enfrentasse o ataque de mil inimigos invisíveis.

Esbravejou, gritou, matou todos eles. Até se cansar e se acalmar.

Voltou a se sentar.

Disse que eles não eram bichos para ficar obedecendo a qualquer tipo de ordem.

Damiana, que tivera tempo de refletir sobre o assunto enquanto voltava de Vila Boa, começou a ponderar a seu lado.

Ainda não via claramente a decisão a tomar.

Mas a verdade é que no aldeamento Maria Primeira, abandonado como já estava, eles tinham começado a passar fome. Mais uma vez a seca havia destruído boa parte da roça. Desde a morte de Angraíocha, tudo ali parecia ter começado a ruir. O povo mais uma vez estava sofrendo muito. A miséria ameaçava destruir a aldeia. O governador disse, com todas as letras necessárias de sua língua para isso, que o Grande Rei branco não iria mais ajudá-los a se sustentar ali. Que era por isso que eles teriam de mudar. Que o Rei branco não era obrigado a sustentar ninguém.

— Nossa aldeia trabalha duro para se sustentar. Os brancos é que roubam da gente — diz Teseya.

— Você fala certo, irmão. Mas esse não é o pensamento do governador.

— Mas por que aceitar o pensamento dele, irmã?

— Minha cabeça não sabe a resposta, Teseya. Ainda está na escuridão.

— Tem gente com muito medo entre nós. E o medo é ruim. É o medo que escurece o pensamento. Você está com medo, irmã?

— Medo não. É só que aqui não temos mais alegria. Somos demasiado poucos, Teseya. Uma aldeia pequena é uma aldeia triste. Juntar duas aldeias para fazer uma maior talvez não seja ruim. Vamos ter mais gente para as festas. Mais gente para as caçadas. Vamos ter mais alegria.

Pense nisso, irmão. Eu vou pensar, também. Vou pedir ao espírito de Romexi que nos ilumine sobre o que fazer.

Luiz também voltara preocupado de Vila Boa. À noite, em volta da fogueira, senta-se perto do cunhado Manoel. Quer conversar sobre algumas coisas.

Na cidade, enquanto Damiana estava sendo recebida pelo governador, ele ficou sentado num canto da praça e escutou um grupo de fazendeiros e comerciantes conversando. Como estava com suas roupas de soldado, o grupo não reparou que era o marido de Damiana. Ou talvez tivessem reparado e quisessem mesmo que ele escutasse, pois falavam alto, sem se preocupar com quem estivesse ouvindo ou não.

Na verdade, não falaram nada de novo. Estavam contando mais uma vez os casos sempre recontados de ataques dos índios e com os detalhes escabrosos de sempre, que Luiz sabia ser exagero. Eram histórias conhecidas, só que agora a raiva com que falavam parecia maior.

Foi isso que o deixou matutando.

Como de outras vezes, comentavam que os cayapós eram os índios mais bárbaros e ferozes de que se tinha notícia. Prova disso, diziam, era o fato de que quando atacavam, matavam até crianças. Não eram como outras tribos que costumavam levar reféns. Matavam todos que encontravam, pilhavam os bens que podiam carregar, queimavam as casas. E decepavam as cabeças dos mortos. Foi o que tinha acontecido, como todos sabiam, no Arraial das Antas, quando mataram mais de dez escravos, o dono da fazenda, sua mulher e seus três filhos, todos ainda crianças, inclusive o último, um bebê, embrulhado no seu cueiro. Cortaram a cabeça do pagãozinho — que ainda nem havia sido batizado — e a deixaram lá, com as outras, espetadas nos mourões da cerca.

Luiz, mesmo sabendo do exagero dessas histórias que, a cada vez que era recontada trazia um novo e mais tenebroso detalhe sangrento, ficara com aquilo na cabeça e agora queria saber com o cunhado se era verdade que os cayapós, quando atacavam, não poupavam nem crianças.

Para sua surpresa, Manoel falou que era verdade.

— Não era costume dos panará fazer reféns nas guerras — ele explicou. Não era costume deles trazer gente de outros povos para sua aldeia. Desde os tempos antigos era assim. O povo que não é panará não gosta do nosso povo, não quer o nosso bem. Então, se não quer nosso bem, é inimigo e como inimigo deve ser morto. Caso contrário é ele quem vai matar a gente.

"E tem outra coisa — ele continua. — Se um guerreiro trouxesse uma criança capturada para a aldeia, onde é que ela ia morar? A que choça ela ia pertencer? A que mãe? As pessoas da aldeia vivem com a família da mãe, o cunhado sabe. Quem vai cuidar dessa criança, como ela vai viver? Com quem vai casar, quem vai cuidar de seu enterro, se ela não tem a família da mãe? Não dá, na aldeia não tem lugar para ela. Então para que vir?

— Mas por que tem de ser assim?

— É o costume dos ancestrais, cunhado. Com tudo que já estamos perdendo desde que os brancos chegaram, não podemos perder também nossos costumes. Não podemos continuar perdendo tudo. Senão o que seremos, sem nossa terra, sem nossos costumes, sem nossos antepassados?

— Mas é isso também que vai aumentando esse ódio entre brancos e cayapós.

— Se assim é, é porque assim tem de ser. E depois, o branco fala com sua boca rancorosa, mas ele também mata as nossas crianças. E quando não mata, leva para escravizar. Maltrata muito e faz sofrer. Eu, se tivesse de escolher entre morrer e ser escravo, escolheria morrer. Acho que qualquer criança também escolheria se soubesse a vida de escravo como é.

— Tanto ódio assim não pode ser bom, Manoel. E esses guerreiros que continuam atacando os brancos cerrado adentro, como é que eles não vêem que assim não dá para derrotar os brancos? — Luiz pergunta.

— Tem duas coisas, cunhado, que você precisa saber. Uma é que o homem que o panará quer ser é o homem forte. Um guerreiro que sabe enfrentar o inimigo. É isso que todo panará nasce para ser. O homem-sol que é bravo e forte, e não o homem-lua desprezível por sua fraqueza, manso e chorão. A outra coisa é que a morte de uma pessoa do nosso povo precisa ser vingada. O ataque tem de ser vingado com outro ataque. Só assim o equilíbrio do mundo volta a se estabelecer. Essa é a lei panará. Não se pode fugir dela. É nessa lei que nós vivemos.

— Se é assim, essa guerra nunca vai acabar. Os brancos atacam e vocês vingam. Vocês atacam e os brancos vingam. Não vai ter lugar para a paz.

— O que a boca do cunhado falou é verdadeiro. É mesmo muito custoso achar esse lugar. Esta é uma terra aonde o branco que chega quer afugentar o panará que já está aqui. Como se a gente fosse bicho. Não quer ficar junto dele, mas quer o lugar dele. E ainda vem a paz também querendo um lugar? Onde é que ela vai ficar?

A cor das roupas

Na manhã seguinte, uma carroça chega à aldeia, fazendo grande estardalhaço, chamando atenção. Quem a dirige é o capataz de Seu Domício, um dos fazendeiros que mais pregam contra os índios, um dos que estavam na praça esbravejando alto contra os cayapós na conversa que Luiz tinha escutado.

O capataz leva a carroça direto para a praça grande e ali pára, gritando:

— Presente, macacada! Pode vir todo mundo, rapidim, que hoje tem roupa pra acabar com a safadeza de andar pelado!

Tira uma grande trouxa de roupa da carroça e joga no meio da praça.

— Pode pegar, indiaiada! É tudo roupa procês. Aproveitem. É roupa da boa e bonita, macacada!

Os índios que tinham vindo para a praça, alertados pelos gritos e barulho, não se fazem de rogados. Lançam-se no meio das roupas, alvoroçados, alegres pegando os presentes. São roupas usadas, mas coloridas, saias e vestidos para as mulheres, calças e camisas para os homens. Mantas, xales e cobertores.

Roupa colorida era coisa rara. Vila Boa não era uma cidade rica e poucos entre seus moradores tinham várias mudas de roupa. Podia-se contar nos dedos os brancos com recursos para mandar buscar roupas, xales e mantas nas outras províncias. Aquela grande trouxa de roupa era um acontecimento. Certamente, fora arrecadada durante meses. É certo que muitas estavam velhas, sujas e rasgadas, mas tinham cores e era isso que importava. Era muita generosidade mandar distribuir tantos panos entre os índios.

A algazarra é grande e um grupo de pedestres que também estava por ali se aproxima. Alguns querem ver se há algo que valha a pena tomar para eles, mas o capataz os detém aos berros:

— Não, cambada! Isso é presente pros bugres. Não é procês. Hoje é tudo pra macacada! Hoje é dia da indiaiada na praça!

O capataz fica ali de vigia até os índios saírem contentes, alguns já com a roupa nova enfiada no corpo, abotoando-a, fechando-a, na folia alegre e agradecida de quem adora ganhar presentes.

Damiana ficou com uma saia de chita azul-clara, franzida na cintura. Será sua roupa nova de ir à cidade, sua roupa de branca.

Como toda mulher cayapó jovem, seus cabelos são negros, perfeitamente lisos e grossos caindo até os ombros, o nariz achatado, olhos ligeiramente puxados, pele morena-avermelhada. Sempre enfeitada com os arabescos da pintura cayapó, vermelhos, amarelos e brancos, e colares de miçangas e plumas sedosas de aves variadas e do peito negro azulado do jacamim.

Se ela foi bonita, nunca saberemos e certamente não tem grande importância. Já é tempo de nosso imaginário abandonar as tradições românticas: nem todos os heróis e heroínas são necessariamente bonitos. O mais provável, aliás, é que não fossem.

No caso de Damiana, nesse momento, o que sabemos, com certeza, é que ela é jovem, é forte, e sabe dançar muito bem as danças do seu povo. Sente-se bem no mundo. Está no seu lugar. Tem a sua tribo, tem o seu homem.

Nessa noite, ao redor da fogueira, Luiz fica admirando a graça e a leveza da dança de sua mulher. A saia azul rodada lhe dá um toque diferente e tentador.

Os homens formam a roda do Sol, e dançam todos girando em uma única direção. As mulheres formam o círculo da Lua, e rodam em direção contrária. É a dança ancestral do Sol e da Lua ao redor da terra.

Rô! Rô! Rô!

A noite é de cantoria animada. Os tambores, as maracas e flautas de madeira estão festejando a vida. Os panará, homens e mulheres, exibem os novos trajes ao ritmo compassado dos pés batendo no chão com a grande força de sua vontade de viver e comemorar

Na tarde seguinte, Damiana estava se pintando com urucum. Luiz chega por trás, mete a mão na cabaça cheia do sumo vermelho e começa, ele, a pintá-la.

Vai passando devagar a mão vermelha pelas costas da mulher. Descendo da nuca para o reguinho lá embaixo.

No primeiro momento, ela leva um pequeno susto e recua um pouco o corpo.

Não sabe se é bom ou não brincar assim com as pinturas da tribo. Nunca ninguém fez isso. Só mesmo um branco para ter tal idéia: o homem pintar a mulher, quando é justo o contrário. Não é o costume.

Mas não deve ser ruim, é só uma brincadeira. É gostoso.

E rindo ela se vira, e começa também a pintar de vermelho o peito nu de Luiz.

Eles estavam afastados da aldeia, perto do rio.

Afastam-se mais. Lambuzam-se de vermelho e caem e rolam no chão. Reluzentes.

As folhas fazem seu barulhinho farfalhante, os bichos correm daqui e dali, as aves revoam perto. Seu corpo e o de Luís se entendem perfeitamente. No mato, o sexo é bom e demorado.

Bem depois, uma chuva fininha começa a cair. Logo vira chuva forte e barulhenta. O cheiro da terra molhada invade o abrigo onde estão acocorados, debaixo dos ramos fechados de uma árvore.

Damiana pergunta a Luiz se ele gosta da chuva.

Luiz nunca pensou sobre isso: diz que não gosta nem desgosta, a chuva está lá, não está? Ele tem de gostar ou deixar de gostar?

Eles riem.

Ela diz que sim, gosta muito, acha bom escutar o barulho da chuva. Tanto faz se é pancada forte ou se é como agora, a chuva caindo ralinha, os filetes quase invisíveis formando poças miúdas no côncavo das folhas. E lhe pergunta se ele sabe quem ensinou os homens como cultivar a terra.

Ele diz que não.

Foi a Filha da Chuva, ela diz. Nos tempos antigos, a Chuva ficou com pena dos homens que passavam fome, sem ter o que comer, e mandou sua filha ensinar.

Quando era pequena, ela às vezes pensava que a chuva podia ser a sua mãe. Luiz sabe, não sabe?, que ela não conheceu direito a mãe. Foi criada pela avó Xineuquá.

Luiz conta que tampouco conheceu a mãe.

Tinha nascido numa terra longe dali, e o pai o deixou na casa do compadre. Foi criado quase como escravo. Apanhava muito, passava fome. Quando ficou maiorzinho e entendeu que não devia nada àquele padrinho, fugiu e ganhou mundo. Andou por vários lugares, acompanhando um tropeiro que, esse sim, era um homem bom. Não pagava nada pelo trabalho, mas dava abrigo e comida e pelo menos nunca tentou bater nele.

Foi assim que ele veio parar ali, onde ficou sabendo que estavam atrás de soldados para defender a cidade dos índios, e resolveu ficar. Estava defendendo tão bem os índios que já era quase um.

À noite, tem reunião na Casa dos Homens. É o começo da preparação da caçada para o grande banquete da confirmação dos nomes dos jovens daquele ano. Há grande animação. A festa será boa. É preciso trazer muita caça e fazer um banquete que vai dar o que falar. Vão trazer anta, macaco-prego, veado. Vão caçar e moquear a carne. Vão trazer mel. E as mulheres vão preparar o cauim para beberem até cair, no dia da festa na noite da lua nova, do jeitinho que eles gostam.

Damiana vai dormir cedo. Não fica pensando ao pé da fogueira. Não está com medo. Não tem nenhum pressentimento. Está contente. Apesar de tudo, a aldeia vive um tempo tranqüilo e talvez até feliz.

Poucos dias depois, duas velhas sentem a pele arder. Dores no corpo e na garganta. Prostração. Manchas vermelhas aparecem, e coçam. Logo depois, a mesma coisa em uma jovem. E outra. A febre e as bolhas vermelhas da varíola se alastram entre os índios. As mortes começam a acontecer. Uma, duas, cinco. Dezenas.

Homens, mulheres, crianças.

O aldeamento se transforma em um grande lamento fúnebre, uma clareira de sofrimento no meio do mato, infestada pela epidemia e pelos gritos profundos das mulheres, os enterros, os soluços convulsivos.

Huá! huá! huá!

As roupas contaminadas da morte vestem de luto a aldeia Maria Primeira. A verdadeira cor do presente de roupas é a cor preta do sofrimento. Durante meses, o quadro de desolação é terrível.

Huá! huá! huá!

Uivos e lamentos. Lamentos e morte. Morte e uivos.

Damiana, Teyesa, Manoel, todos ficam doentes, mas estão entre os sobreviventes.

Menos de um mês depois, a população reduzida e enfraquecida deixa o aldeamento Maria Primeira. Esses remanescentes, fracos demais para opor alguma resistência, são obrigados a ir para São José de Mossâmedes: a população dos dois aldeamentos juntos não passa, nesse momento, de míseras 267 pessoas.

Morada nova

Os homens dançam em volta da fogueira da sua nova aldeia.

Dançam sozinhos, formando um círculo, sem se darem as mãos. A música que cantam é lenta, monocórdia, e eles apenas marcam o compasso com os pés sem sair do lugar. Pouco a pouco o canto tenta se animar e os dançarinos começam a girar, as pernas ligeiramente dobradas, o corpo curvado para a frente. Às vezes dão uns saltinhos. Um grita, o outro responde.

As mulheres, sentadas atrás da roda, respondem também, uma ou outra, com seus gritinhos agudos.

Desesperadamente, tentam se animar.

Damiana participa e grita também, sentindo o ritmo e marcando o compasso. É seu povo que dança a vida que segue.

E ela está ali. Vai estar sempre ali.

Pronta para defendê-lo.

A mudança para a aldeia de São José de Mossâmedes não melhorou em nada a vida dos panará.

Mossâmedes era um aldeamento antigo. Damiana não sabe, mas é até mais antigo do que pensa, pois foi formado pelo capitão-mor José de Almeida de Carvalho, Barão de Mossâmedes, homem de confiança do Marquês de Pombal. O barão tinha chegado a Goiás, décadas antes, quando o ouro já começava a sumir. A mesma enxurrada que levava o ouro e esgotava as minas levava também os povoados, deixando apenas seus rastros minguados e assombrados. A alternativa que o barão viu para a capitania foi a agricultura e a abertura da navegação do Tocantins para o comércio. Foi o primeiro a ter a idéia que se tornou premente: julgava que para ocupar efetivamente aquele imenso território era imprescindível contar com a população indígena.

Era um pensamento artificioso que fazia *tabula rasa* do fato de que os índios já eram, desde muito, muito tempo antes, povoadores de todo o imenso interior. Mas na cabeça das autoridades da colônia, quando se falava em povoadores estava-se falando apenas de um único tipo de povoador: aquele a serviço dos interesses do poder do momento; no caso, a Coroa portuguesa. Era preciso, portanto, transformar a população indígena, prepará-la para sua nova tarefa, "civilizá-la".

Para isso, o barão criou a aldeia de Mossâmedes, em 1774.

Sua pretensão — abstrata, racionalista e a serviço de Portugal — era fazer um estabelecimento regular e permanente sob direção laica, tão admirável que provocasse o desejo de todos os nativos de se aldear. Era implantar, no coração de Goiás, algo que fosse como um modelo da nova política do governo português em relação aos índios.

Assim, ele mesmo escolheu o local para esse aldeamento-modelo, a cinco léguas de Vila Boa, uma paragem agradável de campo, boas águas e muito mato, aos pés dos contrafortes da Serra Dourada, e lá mandou construir os fundamentos do que viria a ser um dia uma cidade, com uma vasta praça retangular como centro. Em uma das extremidades do retângulo, ergueu uma pequena igreja. E de cada lado, construções de dois andares, sendo a mais confortável uma casa aprazível, com pomar grande nos fundos, banhado por um riacho desviado de seu curso. Destinada à residência do comandante militar, com pórtico coroado com as armas reais, era considerada suntuosa para o local; também serviria de residência das férias de verão para o governador, coisa que provavelmente nunca aconteceu. A outra construção foi destinada ao alojamento dos soldados. Perto, um depósito para a colheita da comunidade. O restante das casas era ocupado por vários tipos de agregados que viriam a residir no aldeamento.

Nos seus melhores momentos, São José de Mossâmedes chegou a ter também uma casa de fiar algodão, uma casa destinada ao vigário — raramente ocupada —, o engenho de farinha de mandioca e cana, e o cemitério. Chegou a ter um bananal, pomar, rego-d'água e pastagens com cerca.

Mas a maioria das casas construídas inicialmente para os índios não foi ocupada por eles, que as consideravam frias e desconfortáveis. Prefeririam viver nas choças com tetos de palha, erguidas por eles mesmos perto das roças, a cerca de uma légua desse centro branco.

A Fazenda Real, a princípio, garantia por seis meses um aldeamento que se iniciava, até que os primeiros frutos da lavoura fossem colhidos. No plano idealizado do barão, o aldeamento floresceria com belas roças, fazenda de gado e manufaturas, e grande abundância de gêneros comestíveis. A força do Iluminismo faria crescer ali uma população de trabalhadores felizes.

Na prática, os resultados foram não só muito diferentes como desastrosos.

E se Mossâmedes, no seu auge, chegou a ter milhares de habitantes entre tribos de acroá, xacriabá, javaé e karajá, seus habitantes nunca foram nem estáveis nem produtivos e muito menos felizes. Os índios iam conhecer o aldeamento, ali moravam algum tempo, e logo concluíam que não desejavam permanecer. Não queriam a imposição da civilização que significava, para eles, mudança forçada de seu estilo de vida, exploração de sua mão-de-obra, cerceamento de sua liberdade.

E fugiam. Ou morriam com as doenças dos brancos.

Foi assim que os milhares que ali estiveram em algum momento acabaram tendo de ser substituídos pelos cayapós do Maria Primeira, agora contrafeitos e convalescentes recém-chegados.

*

Damiana estava inquieta.

Tinha passado o dia conversando com Teseya e outros caciques do aldeamento. Ninguém estava seguro de que a vida nesse novo local pudesse ser melhor. Sabiam dos funcionários corruptos que roubavam na repartição dos produtos. Sabiam dos castigos que eram usados ali mais do que no Maria Primeira, que nunca teve a estrutura bem montada de Mossâmedes. Sabiam, também, pelas notícias que chegavam do sertão, que as aldeias no território cayapó continuavam ameaçadas, acuadas por expedições armadas de colonos que, neste momento, saíam principalmente de Cuiabá.

Sabiam de tudo isso. Eram notícias ruins que chegavam de todos os lados, sempre notícias ruins há tanto tempo, nada de bom lhes acontecia mais. Pareciam esquecidos pelos antepassados.

Estavam agitados, semblantes fechados, e pressionados pelos jovens guerreiros.

Terminada a dança daquela noite, as pessoas se recolhem para suas choças.

Damiana fica ali. Não vai para a casa que agora, na desestruturação da mudança, ocupa com Luiz, uma daquelas casas construídas pelos brancos.

Fica ainda muito tempo ao redor da fogueira.

Damiana não era a chefe do aldeamento. Mas era a ligação com os brancos, a ponte. Nisso, sua autoridade era indiscutível e sua voz ouvida em todos os momentos importantes. Tinha, inclusive, o direito de falar à aldeia, quando achava necessário: para animar-lhes o moral, propor tarefas a cumprir ou tentar convencê-los de algum argumento.

Nesses momentos, parecia incorporar os espíritos da aldeia, e sua eloqüência tinha o poder de convencimento. As palavras saíam de sua boca como se viessem dos antepassados. Como se fossem grãos de pensamento enviados por eles para semear e nutrir o raciocínio panará.

Hoje, sentindo a tensão palpável da revolta se espalhar entre os sobreviventes do Maria Primeira recém-chegados a São José de Mossâmedes, ela ergue a voz, forte e calma, no centro da aldeia, e começa:

Meu povo, peço atenção que agora vou falar aos homens.

Sei que os jovens guerreiros querem vingança pelos nossos mortos da doença dos brancos no Dona Maria Primeira. O povo panará pede compensação. Mas nosso inimigo não tem rosto nem corpo. Ele é invisível, e seu nome é varíola, uma doença. Um espírito mau que entra em nós sem que ninguém veja.

Como matar, então, esse inimigo que por não ter rosto, esconde-se atrás do nosso rosto? Que por não ter corpo, apodera-se do nosso corpo? Será que para vingar desse inimigo dentro de nós mesmos, teremos que nos matar, matar nossos próprios corpos?

Não, respondemos nós, os sobreviventes.

Não, não, respondem os espíritos de nossos antepassados.

Não, não, não, respondem os espíritos de nossos futuros filhos.

Vamos nos vingar como manda a sabedoria de nosso povo. Vamos ter nossa compensação vingando a morte dos nossos com a morte de um tapir. Essa será a forma de compensar nossa perda. Seguindo o costume de nossos ancestrais.

E agora vou falar às mulheres.

As mulheres fortes, que se sentem capazes, também devem acompanhar seus maridos, carregando suas flechas e apontando a caça. É preciso matar o tapir, e as mulheres também vão ajudar. As mulheres também querem vingança.

Depois, meu povo, quando o tapir estiver morto, vamos todos comemorar a vida dos sobreviventes e fazer a nossa corrida das toras.

A corrida das toras era um momento de júbilo para os panará. Momento em que exibiam sua força e energia de povo guerreiro. O povo entristecido queria fazer um ritual completo para exorcizar os maus espíritos.

Na primeira noite de lua nova depois da morte do tapir, os homens partiram em fila, um atrás do outro, em completo silêncio. Levavam paus em brasa e tochas. Quando encontraram as duas árvores que buscavam, as maiores e mais bonitas cujos troncos tinham preparado antes, eles as derrubaram e formaram dois grupos, cada grupo levando uma árvore às costas. Na aldeia, dois buracos fundos já estavam preparados, ao lado da Casa dos Homens, no centro. Ali, cada grupo enfeitou sua árvore com cordas e cipós, e a fincou na terra. Depois, dançaram em ritmo triunfal ao redor dos dois troncos enfeitados.

O dia seguinte era o da corrida.

Os guerreiros pintaram-se com listras vermelhas e amarelas, pretas e brancas, e nos joelhos ataram os enfeites de garras de animais que faziam, a cada movimento dos pés, um ruído forte e estridente. Cada grupo pegou sua tora e foi se revezando na corrida, passando-a um para o outro.

Era preciso habilidade e destreza para passar a tora sem perder o ritmo e vencer a corrida.

O alarido foi grande, a torcida também competindo entre si. E quando a corrida terminou, os guerreiros e as torcidas executaram a dança final, ao ritmo do canto dissonante e uivado, ho! ho! ho!

A festa foi bonita, como sempre. Mas sem alegria.

Pela primeira vez a festa das toras não conseguiu alegrar a aldeia. O canto coletivo não se levantou na noite mostrando o orgulho e a vibração de ser panará. Por mais que tivesse sido feita com toda a pompa e esforço, foi uma festa triste. Faltou riso.

Pior, faltou gente.

Damiana sente que é preciso fazer alguma coisa.

No aldeamento, pedestres armados continuam vigiando os trabalhos.

De maneira sub-reptícia, o sistema se transformara em um sistema militar de exploração. A tarefa desses soldados pedestres é supervisionar o trabalho dos menos de 300 índios que permanecem na aldeia, cultivando o campo e operando a fábrica de algodão.

A colheita era colocada no paiol, de onde o comandante distribuía as rações entre as famílias indígenas. Os pedestres, talvez ainda mais pobres do que os índios por não terem a mesma rede social em que se apoiar, estavam sempre negociando ou, quando possível, extorquindo-os. O excedente, se e do que havia, era enviado para o coronel administrador em Vila Boa, para ser trocado por sal, tabaco, roupas e ferramentas, que depois o comandante do aldeamento distribuía entre os índios. Na escassez da região, esse sistema permitia que os oficiais repartissem os melhores bens primeiro entre si.

O padre, que supostamente devia morar ali para cuidar da catequização dos índios, mal aparecia aos domingos.

Os panará estavam, assim, entregues à própria sorte, mas sob a tutela dos militares, com pouca ou nenhuma influência da Igreja. Tinham dois dias livres, os domingos e as segundas, quando podiam caçar ou pescar, ou trabalhar em suas próprias roças de amendoim, mandioca e batata-doce.

Os castigos tornaram-se parte da rotina.

Homens eram amarrados sem comida ou água por vários dias à mercê do sol e dos insetos no temido tronco. Mulheres e crianças eram freguesas das palmatórias.

Luiz está cada vez mais angustiado com o rumo que as coisas vão tomando. Entende o profundo desespero da mulher. Quer ajudá-la e intui que a maneira de ajudar é apoiar o que ela faz.

Só que ela não sabe o que fazer. Nem o cacique Teseya.

As notícias que chegam do sertão não são melhores. Os assaltos e ataques às fazendas, matança e roubo voltaram a acontecer, como antes. Há muita ameaça e o ódio, com seu manto bicolor, ora negro ora vermelho incandescente, envolve e aperta os dois lados.

Damiana precisa meditar, refletir. Decide ir ao santuário dos antepassados.

Refaz o trajeto que fazia com Angraíocha e Romexi, mas nada é igual. O tempo é de seca e o capim está cinza-amarelado. O solo arenoso e cascalhado machuca seus pés. Ela caminha muito tempo de cabeça baixa. Acompanha o chão do cerrado que muda de cor: do vermelho-escuro passando para o vermelho-laranja, do laranja para o amarelado, do amarelado para o cinza, e do cinza para o branco da areia perto do rio.

Seus olhos vêem tudo seco, triste, desesperado.

Mesmo as águas profundas do seu grande rio correm em silêncio, sinistras.

Só o buritizal das araras de plumagem azul parece o mesmo. Ela se agacha para se aproximar invisível como ensinou Romexi. Fica muito tempo agachada no meio das árvores. E de repente se levanta, fazendo espalhafato, e lá vão elas, abrindo assustadas as asas e se levantando como um segundo céu de perfeito azul em movimento e ruídos que encobrem o outro céu, mais distante.

Como das outras vezes, sente seu coração se consolar com a beleza que existe em sua terra. Pode, assim, chegar mais leve ao santuário e ter a felicidade de constatar que lá, no local sagrado, nada mudou. A magia permanece a mesma.

É tarde, e o sol se pôs.

A faixa de luar prateado estende-se do alto até o chão e Damiana medita. Sob a luz de seda branca, os desenhos parecem adquirir vida e querer pular das pedras: a alegria deles continua a mesma e outra vez indica a Damiana que não desanime.

Desde que o mundo é mundo, o povo dela é forte e é capaz.

Na manhã seguinte, ela já sabe o que deve fazer.

O problema de Mossâmedes é que eles são poucos, ela compreende perfeitamente agora. O povo panará precisa se unir. A alegria deles vem de serem muitos e unidos. Só assim, muitos e juntos, serão fortes. Só assim serão capazes de resistir. Ela irá buscá-los. Irá atrás de seus parentes. Vai convencê-los a voltar ou a conhecer o aldeamento — os que ainda não o conhecem.

Por vários motivos, que explicará com clareza a eles.

Porque é preciso aumentar o número de pessoas no aldeamento para que a vida fique suportável.

Porque as aldeias afastadas estão morrendo, dizimadas pelas expedições brancas.

Porque é preciso esperar, se preparar para o momento de alegria que há de vir.

Porque a única saída para seu povo é a união, como os antepassados sempre souberam se unir contra o inimigo, nos momentos em que foi necessário.

Ao voltar para a aldeia, o grande ânimo está outra vez em Damiana. Sente a força de Romexi e Angraíocha e dos antepassados de novo ao lado dela. Outra vez sua voz se eleva poderosa na praça:

Peço licença, meu povo, que agora vou falar para os homens, para as mulheres e para as crianças.

Amanhã, antes do sol nascer, vou partir em uma grande jornada. Ficarei muito tempo fora. Vou sozinha. Teseya e meu irmão ficarão aqui cuidando de vocês. Vou buscar nossos parentes.

Estamos tristes aqui e enfraquecidos, porque somos poucos. Demasiado poucos.

É preciso que nossos parentes venham morar conosco. Que juntos descubramos a maneira boa e verdadeira de viver feliz e em paz.

PARTE III

A Névoa

"O respeito que eles me têm é grande demais para que não façam o que eu mandar."

Damiana para Saint Hilare, 1819.
Sua única frase registrada.

"A índia Dona Damiana, filha de um dos capitães Cayapós e casada com um soldado da infantaria da linha de Goiáz, governa a seu arbítrio os índios Cayapós, e quando são necessários para alguma empresa, põe-se nua, pinta-se e sai para o campo, e conduz os índios como lhe parece."

Raimundo José da Cunha Mattos, 1823

A primeira expedição

A noite foi de brincadeiras e despedidas. Noite longa de gostosuras na rede com Luiz.

Quando Damiana percebe a mudança na escuridão lá fora da choça, ela enrosca os dedos nos cabelos do marido, puxando-os de leve para acordá-lo.

Já vou, sussurra. Se demorar, é porque a jornada é longa. Quando voltar, trago daquele mel que você gosta.

E parte antes do nascer do sol.

É bom caminhar no frescor da madrugada.

Naquele momento da manhã, o orvalho é tão intenso entre as folhas e a relva, que é como se o mato fosse o fundo raso e cristalino de um rio. Um rio verde que sussurra e farfalha.

Seu destino é o sertão do Alto Araguaia, onde ficam as nascentes.

Um território sob ameaça.

Em Vila Boa, Damiana escutou boatos de uma expedição sendo organizada em Cuiabá. Com o propósito, dizem, de se defender dos cayapós que atacam os colonos que se aventuram pela região.

Precisa avisá-los e convencê-los a vir com ela para lugar mais seguro.

Atravessa matas e campos, com seus vários tons de verde. Verde-verde, verde-escuro, verde-claro, verde-cinza, verde-marrom, verde-amarelo. Passa por campos de sucupira-branca, com suas flores de coloração rosada. Pelos ipês floridos de roxo, amarelo e rosa. Pelos campos de buritis. Passa por descampados com grandes extensões de caliandras floridas, as rosas do cerrado. Ela conhece todas aquelas flores e todos aqueles campos. Todas as árvores. A paineira, a sucupira-preta, a cutiúba, a paraçana, o jacarandá. Árvores de cores e tamanhos diferentes. Retorcidas ou retas, de casca fina e casca grossa. Árvores cinza-prata.

Damiana não sabe que, para muitos, aquelas árvores fortes, mas tortuosas, parecem feias e esquisitas. Eles a comparam à luxúria verdejante das outras matas que conhecem e tomam como modelo. Não se dão conta de que essas árvores do cerrado são, talvez, as mais antigas: já passaram por muita coisa. São como guardiãs do âmago do ser árvore. Não é fácil guardar coisa tão preciosa por tanta antigüidade. Talvez, por isso, se retorçam assim. Para conservar o sumo. Concentrar a essência das árvores. Não deixá-las morrer.

Damiana passa pelas nascentes de grandes rios, por riachos de águas tão transparentes, que é como o ar claro da manhã em forma líquida. Chega à lagoa verde, um poço sem alcance de fundo: um lago redondo de águas verde-esmeralda, formado no solo de uma enorme cratera circular bem no meio do cerrado plano. Um dos vários monumentos de beleza que existem no território panará.

Passa por cavernas e pelos petrógrifos que indicam outros santuários do caminho. Ela visita e pernoita em todos eles. É onde sua certeza se renova e ela escuta a voz de Romexi. Não está sozinha. Os antepassados estão ali a seu lado.

Em muitos momentos de sua longa jornada, Damiana pára no meio do coração daquela terra e olha. Olha para frente e a terra não tem fim. Olha para trás e também não vê o fim. Olha para um lado e para o outro, e a terra vai, se estende, e nenhum lado acaba. E ali está ela, na imensidão aberta desse planalto que se estende reto a perder de vista para todos os lados na vastidão extrema daquela terra, e se pergunta: por que não cabem, panará e brancos, todos ali?

Seu Alípio Mascate, que costuma visitar o aldeamento e gosta de conversar com Damiana, uma vez lhe disse que demorou a aceitar a grandiosidade da região, custou a perceber o quanto ela é bonita. A terra plana e aberta, horizontal e sem limite, lhe dava medo, ele disse. E Damiana não tem certeza se entendeu.

Mas se é assim, se eles custam tanto a compreender e amar essa terra, por que é que continuam vindo?

À noite, ela ergue um abrigo com folhas de palmeiras apoiadas em forquilhas de paus.

Os perigos são muitos.

Os animais, as tempestades de raios coléricos que fustigam a floresta como chicotes se vingando de ofensas. A fome e a sede.

Damiana sabe caçar e pescar para se alimentar, sabe que frutas e palmeiras servem para comer — guabiroba, araçá, murici, caju, araticum, coquinhos.

Mas nem sempre é fácil e ela tem pressa.

Quando, por fim, chega à aldeia dos seus parentes, todos se juntam para recebê-la com o choro ritual da hospitalidade. No primeiro momento de cada reencontro, é preciso relembrar os mortos, as perdas e os sofrimentos.

Damiana chora as dificuldades e os perigos da jornada para chegar ali.

Os da aldeia choram o tempo longo que passaram sem se ver.

Damiana lamenta as mortes dos entes queridos que já não moram entre os vivos. Encosta a cabeça no peito do grande cacique Aké, que a recebe, e chora com ele todas as perdas que seu povo tem sofrido.

Só depois desse ritual de lamúrias, é chegada a hora do regozijo pelo reencontro. A hora da festa na aldeia.

As mulheres eretas e solenes começam a andar em círculo, formando a roda em movimento. Estão enfeitadas e coloridas, e dobram os braços nos cotovelos. Em movimentos ritmados levantam os braços em conjunto, sincronizados com o cântico solene de toda a aldeia.

As poses e os rostos irradiam orgulho imenso.

Esse orgulho há muito ela não via na dança das mulheres do aldeamento.

É preciso levá-los de volta para lá, o orgulho e a alegria.

Pobre Damiana, é isso que ela pensa: que pode levar essa alegria e esse orgulho para o aldeamento. Que é um dom inato de seu povo, que, se os que moram em Mossâmedes o perderam, talvez seja possível recuperá-lo pelo contato com quem ainda não o perdeu.

Nesse primeiro dia, ela nada fala. Nem nos dias seguintes. Mas aos poucos, começa a dizer por que veio.

Fala à noite, para a aldeia toda, como é o costume.

Fala dos perigos que os panará correm. Das mortes. Do poderio branco. Fala de Angraíocha, o maior dos guerreiros, e sua tática de guerra: não se deve fazer uma guerra quando se sabe que a vitória não será possível. É preciso adquirir forças. É preciso se preparar. É preciso conhecer o inimigo.

E é preciso se unir.

Os panará são um povo guerreiro. Os melhores. Sempre foram. E sempre foram porque sempre souberam se preparar. Nunca atacaram por atacar, para perder, para se deixar matar. Não. Um guerreiro panará não se deixa matar facilmente.

Foi isso que os antepassados ensinaram.

Fala de Romexi e do seu ideal de uma terra boa, uma terra de alegria e abundância. Fala de uma terra de fartura, de muito peixe e caça, de alegria e fogos no céu.

A caça ali como está? Assustada. Os peixes ali como estão? Assustados. A roça ali como está? Cansada. Está tudo assustado e cansado e ruim ao redor deles. O mundo está assustado e descontente ao redor deles. Os brancos estão chegando e invadindo e assustando a caça e assustando os peixes e obrigando os panará a abandonar suas aldeias. A gente panará está passando fome e morrendo.

Todos ali sabem o que está acontecendo. Sabem que os brancos continuam chegando, sempre mais e mais, e iam atacar se os achassem assim desprotegidos.

E iam continuar chegando.

Mas havia uma saída. Não era a que todos desejavam, mas era a mais segura no momento. Não era uma vida boa, mas podia ser.

Ir se juntar aos que já estavam em Mossâmedes.

Juntos, lado a lado, eles poderiam fazer do aldeamento um lugar melhor para viver. Juntos, muitos, poderiam cultivar melhor as roças, com as ferramentas dos brancos. Juntos, muitos, poderiam conhecer melhor o homem branco e saber o que fazer.

O branco tem duas bocas? Sim, tem. Mas tem também dois tipos de homem branco: o que tem as duas bocas e o que tem uma só. É esse que pode ser nosso amigo. É esse que pode nos ajudar a achar a nossa terra boa.

Ela, sozinha, não dará conta.

Os parentes que estavam em Mossâmedes são poucos: não darão conta.

É preciso unir o povo panará, como fizeram os antepassados quando o inimigo era forte e ameaçador.

Dessa vez, a ameaça é a maior de todas as que já tinham visto. Como podia a aldeia do grande Aké deixar seus parentes sozinhos?

Não podia. O grande Aké com certeza ia ajudar os parentes de Mossâmedes.

Noites e noites ela passou ali, respondendo às dúvidas de Aké e do povo da aldeia, à volta da fogueira. Todos tinham uma opinião. Todos tinham o que dizer. Havia, como sempre, os mais crédulos e otimistas, que aceitavam logo a idéia de mudança, convencidos de que era a melhor alternativa possível. Mas havia os descrentes e os irados, que não queriam e não acreditavam.

A conversa se atiça ao redor da fogueira.

Damiana responde às perguntas da melhor maneira que pode. E diz sempre:

— O aldeamento não é uma prisão. Quem não gostar, vai embora.

— Mas o que é que lá tem de melhor que aqui? — o filho de Aké pergunta.

— Lá tem as ferramentas para roças, tem as armas, tem os presentes dos brancos.

— Tem aguardente? — perguntavam os jovens.

— Tem.

— Tem as nossas festas?

— Tem, tem. E mais: tem as festas dos brancos também, que quem quiser pode assistir.

— Mas eu não quero assistir a festa de branco. Se eu for pra lá, eu vou, mas não é pra ser amigo de branco. Nunca.

— O irmão vai ser amigo de quem quiser. Só tem uma coisa que é obrigação fazer que é trabalhar na roça do aldeamento. Esse é o trato. Porque é da roça que sai a comida pra todo mundo. E quem não trabalha é castigado. Tem isso.

— E se a gente não quiser ficar, a gente volta?

— Volta. Ninguém é cativo. É uma aldeia como essa aqui, só que tem mais comida. Não é cativeiro. Mas só não pode uma coisa.

— Que coisa é essa que não pode?

— Atacar os brancos. Não pode roubar gado nem tirar nada nem brigar com os brancos. Se isso acontecer, aí tem represália, tem castigo. Tem vingança. Aí o governador manda prender e tem branco que vai querer matar quem fizer isso.

— Sei.

— Se for pra ir, tem de ir pensando na paz.

— Ou na trégua, irmã — diz Aké. — Era isso que Angraíocha dizia.

— Sim, a trégua. Até ver as coisas mudarem. A vida melhorar. Ver se dá pra gente fazer daquela terra a nossa terra boa. E tem outra coisa — continua Damiana. — Quando chegar lá, é melhor se batizar.

— O que é isso? — querem saber os jovens.

— É que eles derramam um pouco de água na cabeça de cada um, e põe um punhadinho de sal na boca, e a pessoa tem de dizer umas coisas que o padre ensina.

— E para que serve?

— Para ser filho de Deus, como eles falam. É assim que eles fazem. Assim você tem direito a ir para o céu dos brancos quando morrer.

— E quem diz que eu quero ir para o céu dos brancos?

— É que eles dizem que no céu todo mundo fica junto.

— Como é que vamos ficar juntos no céu se não conseguimos ficar juntos aqui?

As gargalhadas explodem ao redor da fogueira.

— E tem mesmo que fazer isso quando chegar lá? — pergunta o filho de Aké.

— Não é obrigado — responde Damiana. — Mas é melhor fazer porque ser filho de Deus é coisa importante para eles. E se é importante para eles, é melhor fazer. Não tem coisas importantes para nós que a gente gosta de ver nossas visitas fazendo? É a mesma coisa. É o costume deles. É o respeito que devemos ter.

— Nosso povo é respeitador. Se é assim, então, nosso povo respeita. Se a gente for, a gente deixa derramar água na gente e a gente come o punhadinho de sal — diz Aké fazendo uma careta e provocando um riso tremendo ao redor da fogueira.

Damiana também ri muito, contente.

Como é bom sentir outra vez essa alegria contagiante e fácil. O bom humor. A malícia inofensiva.

Com paciência e respostas para as perguntas, ela consegue convencer a aldeia de Aké a ir ver com os próprios olhos como é a vida em Mossâmedes. E ficar, se quiser. Pelo menos, enquanto deixam passar a onda de ataques e ódios que a região está atravessando. Quem sabe assim, ao ver a boa vontade deles, os brancos desistem dos ataques, e eles logo poderão regressar, sem ameaças de invasão pesando sobre suas cabeças.

Então se prepararam e partiram para a viagem.

Ao chegarem a Mossâmedes, Damiana acompanhada por toda uma aldeia de cayapós, mais de cem índios, guerreiros, mulheres, velhos e crianças, há grande euforia entre os índios e quase incredulidade entre os brancos.

O padre de Mossâmedes, chamado às pressas em seu engenho, prepara a solenidade de batismo para todos eles. Fica muito admirado com o que vê. Mais admirado ainda quando lhe contam que Dona Damiana é que tinha ido, por conta própria e sozinha, buscá-los.

O padre vai direto de Mossâmedes para Vila Boa contar para o governador que, também incrédulo, já soubera do acontecido, e escuta, com muita atenção, todos os detalhes.

Um verdadeiro milagre era o que o padre achava que acontecera. Uma verdadeira santa, Dona Damiana, uma grande católica.

E logo, claro, muita gente de Vila Boa estava se lembrando e comentando o "milagre" do choro na conversão da menina. Da piedade que ela sempre demonstrara nas missas e nas procissões.

O governador fica admiradíssimo com tudo aquilo.

Era Dom Francisco Delgado Castilho, recém-chegado. Não conhecia bem a região, e achou aquela notícia formidável.

A vida estranha

Ah, Damiana, o que acontece com o povo do cacique Aké? Eles são batizados?

Sim.

Aprendem a rezar Ave-maria e Padre-nosso?

Não. Para quê? Nem tem ninguém pra ensinar direito.

Vão à missa?

Os que acham bonito ver o padre erguendo o cálice, tocando a campainha e agitando o incenso, vão. Os outros, não.

Eles podem fazer o que querem?

Não.

Eles morrem de doenças de branco?

Muitos.

Eles são castigados?

Sim.

Eles gostam do aldeamento?

Não.

Eles acham que a vida melhorou?

Não.

A verdade é esta: ninguém da aldeia de Aké gosta do que encontra. Têm de trabalhar mais do que desejam e consideram necessário. Não podem sair quando querem, é necessário autorização do comandante.

Acham tudo muito ruim nessa vida estranha. Não é a terra deles. Não é a vida deles. Estão acostumados a ter amplitude em seu território, onde são livres para caçar, caminhar, fazer o que sabem que é necessário fazer. Ali, não. E quando saem do aldeamento, por perto só encontram brancos armados, brancos que estão ocupando suas terras, caçando suas caças, pescando seus peixes.

Eles não entendem os brancos. Suas necessidades. Seus grandes mistérios. Para que querem que se trabalhe tanto?

Não gostam nem um pouco daquilo. Fogem.

Os roubos e ataques continuam de ambos os lados.

A situação piora ainda mais porque uma Carta Régia, em 1811, legaliza a permissão dos brancos à terra, o que na prática significa a guerra ofensiva aos cayapós. É, mais uma vez, o abandono oficial da política pacifista e a legalização da dizimação que sempre ocorreu na prática.

Tikriti, um dos fiéis seguidores de Damiana, vem conversar com ela.

Fala dos jovens guerreiros que estão inquietos, dizendo que vão fugir, que não suportam mais, que Damiana deve ter a vista e a cabeça cheias de fumaça para não ver como a vida ali é desgraçada. Que os brancos jamais cumprem o que prometem. Que os panará têm de voltar a guerrear. Roubar todas as armas do aldeamento e voltar para defender o território que sempre foi deles.

Damiana está sentada ao redor do foguinho que resta da fogueira.

É noite escura, a aldeia dorme. Mas ela está lá, de olhos fechados, e de olhos fechados continua escutando as coisas que Tikriti lhe fala. E tampouco os abre quando responde:

— Isso eu sei.

É a estação da rebeldia, que todo ano brota depois do ritual de iniciação dos jovens, e não a surpreende nem preocupa. Mesmo nos tempos de Angraíocha era assim: os jovens guerreiros sentem, como se dentro deles a semente de um amendoim rompesse a casca para nascer, a urgência incontrolável de provar a própria força e bravura. Quanto a isso, ela nada pode fazer a não ser impedir que eles piorem tudo roubando as armas dos soldados.

Alguns jovens acabam amadurecendo suas plantas da rebeldia ali mesmo, outros não. Não conseguem controlar a ânsia de serem os guerreiros que aprenderam a ser e fogem para o sertão.

Mas isso era da natureza do mundo, e não era isso que a preocupava.

O que a preocupava era outra coisa. Era algo em tudo aquilo que não conseguia verdadeiramente entender. Algo na recusa de seu povo a aceitar a vida no aldeamento, que ela realmente está cega para ver a razão: nisso os jovens estão certos. É como se ela visse só um lado e a saída fechada do outro.

Mas o que tem do outro lado que ela não é capaz de ver, Romexi?

Ali, de olhos fechados, Damiana espera escutar a voz do velho ancião respondendo a sua pergunta.

Será que ela não vê porque tem medo? Tem medo de abandonar o aldeamento e levar uma vida que não conhece? Viver na floresta onde nunca viveu? Mas tem também outra coisa. O mundo dela é esse. É ali que ela é alguém e tem um papel, seu papel de ponte. Uma ponte liga duas margens. Se uma margem vai embora, o que ela vai unir? É dessas duas margens que vem o poder que ela tem: fora dali, não.

Será por isso que ela está ficando cega?

Que a fumaça do egoísmo escurece sua visão e sua cabeça?

Damiana cresceu na aldeia. Não conhece outro modo de vida. Não conhece a vida fora dali, a vida como foi antes nas aldeias alegres e fortes.

Também é certo que tem muitos privilégios. É neta de Angraíocha. É afilhada de um chefe branco. Não é obrigada a trabalhar como os outros. Mesmo agora, que não tem mais Serafim, Serafim está morto, não precisa trabalhar como os outros. Não sofre castigos. Sempre tem o que comer, pois está entre os que recebem a primeira e mais abundante porção.

É verdade que ela sempre compartilha com sua tribo os presentes que recebe. Mas sabe que, se lhe der na veneta, vai poder escolher primeiro. Na verdade, não faz isso; mas já é um privilégio saber que, se quiser, faz.

Aprendeu perfeitamente a língua e os hábitos brancos. É recebida na casa dos brancos, a casa do comandante de Mossâmedes, o palácio do governador em Vila Boa.

Não acredita completamente nos brancos, mas tampouco deixa de acreditar. Viveu com eles e sabe que não são todos maus. Como tampouco os índios são todos bons. Tem os índios que roubam, os que vivem bebendo aguardente como os brancos, os que traem. Mas é o seu povo e ela se orgulha deles, de ser panará. Como admira o que os brancos têm de admirável: sua força, poderio, ferramentas, suas armas. A cor suave de sua pele.

Sua bênção e sua maldição de ponte é esta: poder ver dos dois lados. Como se tivesse, se isso fosse possível, dois corações. E dois corações que sofrem.

Se pelo menos ainda tivesse seu homem, Luiz. Ele talvez soubesse lhe explicar um pouco do que ela não entende. Mas Luiz morreu não muito depois que ela voltou da sua grande jornada até a aldeia de Aké. Ele, que já tinha até aprendido a caçar tapir, estava quase virando um guerreiro, um dia amanheceu doente. Damiana lhe preparou todas as poções que conhecia. Chamou o curandeiro. Chamou o comandante. Tudo em vão. Depois de alguns dias de febre alta, Luiz morreu. Jovem, bonito. Bom e verdadeiro.

Um branco de uma boca só.

Algum tempo depois, morreu também seu velho escravo Serafim.

Damiana perdeu os dois conselheiros que a ajudavam a entender um pouco mais dos brancos. Só podia contar agora com os espíritos.
E eles estão calados.
Nenhum vem responder às perguntas que ela faz.

O aldeamento vive um momento muito ruim, de conflito aberto.
O cabo Ari, agora no comando, era um homem de certa idade, desleixado, quase sempre bêbado. Estava ali porque tinha de estar em algum lugar. Não entendia de índio, nem queria entender. Não que os odiasse como muitos outros, mas tampouco achava que valia a pena gastar tempo e dinheiro com eles.
Enquanto ficassem lá na roça trabalhando ainda que do jeito lerdo deles, ou dançando a dança chatíssima deles, ou comendo a comida insossa deles, ou dando os gritinhos e os risinhos deles, tudo bem. Mas que não viessem criar confusão nem torrar sua paciência que aí todo o laivo de afabilidade que porventura tivesse virava fúria chamejante.
Além disso, tinha dois grandes defeitos: roubava dos índios sempre que podia e gostava das indiazinhas na puberdade. Uma noite, bêbado, chegou ao disparate de tentar entrar em uma das choças atrás da filha de Aké. Isso deixou a aldeia como que tomada por um rastilho de pólvora, pronta a pegar fogo.
Damiana já tinha ido duas vezes a Vila Boa pedir ao governador que mudasse o comandante. Ele dizia, Sim, Dona Damiana, é da minha vontade dar um jeito de providenciar isso, não se preocupe. Mas parece que tinha uma vontade muito fraca, pois logo se esquecia, e a mudança não acontecia.
A situação agora estava tão descontrolada que o cabo Ari só saía de sabre na mão. E até um dos padres provisoriamente encarregado do aldeamento — agora um jovem medroso, incapaz de entender o que fazia ali — sentia-se tão ameaçado que, nas poucas vezes que ia a Mossâmedes, exigia a presença dos soldados para manter guarda du-

rante a missa. Nunca lhe acontecera nada, nenhum panará jamais o ameaçou sequer com o olhar, mas ele, todo tremeliqüente, nervoso, contava que teve um sonho, uma visão horripilante.

Vira um bando de tapuias chegando numa nuvem vermelha para flechar a hóstia, o corpo vivo de Cristo, uma hóstia cuja alvura se irradiava e envolvia o altar em um brilho só. Mas os índios ferozes levantaram seus arcos imensos e atiraram. Da ponta terrível da flecha que se enfiou na hóstia, saiu o sangue de Deus, o próprio sangue de Deus gorgolejando, um sangue negro e denso que o afogou, a ele, o padre, e o fez abrir os olhos de puro horror no silêncio asfixiado de quem tenta desesperadamente berrar, mas não consegue.

Passava o lenço sobre a testa pegajosa, contando o assombroso pesadelo: tremia.

A partir daí, exigiu proteção. Chegava e saía do aldeamento sem praticamente falar com ninguém. Mal cumprimentava Damiana.

Apesar de todo o clima, ou talvez para provar que era ele o comandante e não temia ninguém, o cabo Ari continuava de olho na filha de Aké, prometida para o jovem guerreiro Kôkriti, um dos orgulhos da aldeia.

Nesse domingo, dia de folga no aldeamento, os guerreiros saíram para caçar. O padre não tinha aparecido, e os pedestres e soldados bebiam. Fazia calor, as mulheres estavam alegres e as jovens cayapós foram tomar banho no rio.

Foi quando aconteceu.

Bêbado, entediado, endoidecido, o cabo Ari agarrou a menina, arrastou-a até uma capoeira de mato fechado e a violentou.

Quando Kôkriti chegou animado da caçada, recebeu a notícia.

Mal escutou os lamentos das mulheres e nem pensou em ver o corpo uivante de sua noiva marcado pela violência arroxeada. Não esperou nem quis ouvir nem falar nem pensar de cabeça fria, Não! Basta!

Pegou imediatamente sua borduna e se lançou em enfrentamento aberto contra o cabo.

Mas — como saberia perfeitamente se tivesse deixado a cabeça esfriar — não chegou nem perto. Foi agarrado e preso pelos guardas na praça, ainda longe da casa do comandante bêbado.

Algemado e urrando, Kôkriti foi levado para a cadeia de Vila Boa.

Naquela mesma noite, o cabo Ari desapareceu. Nunca se soube ao certo que fim levou: se fugiu, se desertou, se foi morto, rebaixado ou transferido. Desapareceu e ninguém falou mais nisso.

Mas Kôkriti permaneceu na cadeia.

Damiana, Aké e Tiraquê, a jovem prometida, iam visitá-lo, e o coração de cada um se enchia de desespero e impotência ao ver o belo guerreiro, orgulho dos panará, jogado a um canto do calabouço escuro, perdendo o viço e a força na humilhação das correntes pesadas e dos grilhões.

Da mesma janela onde, quando menina, conversava com os presos da época, Damiana agora tenta dar ânimo a seu guerreiro.

Diz a ele que dormirão na praça os três — Aké, Tiraquê e ela — e só sairão dali quando conseguirem sua libertação. Improvisam uma cobertura de palha perto da fonte e lá passam a dormir.

Aké, com seus adornos coloridos de cacique, o gigantesco cocar de penas especialmente escolhidas, vermelhas, amarelas e azuis, e os enfeites de garras de animais e ossos dos inimigos mortos — ossos de brancos, com certeza, no caso de Aké — e sua imponência de chefe guerreiro, mesmo sozinho, em frente à cadeia e à câmara, impunha respeito. Junto a ele, Tiraquê, com suas pinturas e adornos de jovem prometida, e Damiana, com sua saia azul-clara e colares de miçangas e sementes e suas pinturas índias, eram um trio orgulhoso e não pedinte.

Se olhados sem preconceitos, eram belos.

Em sua dignidade e suas cores, eram belos, realmente.

Tinham vindo buscar seus direitos e não implorar compaixão.

Nas manhãs de todos aqueles dias que foram muitos, Damiana ia falar com o governador. Ficava sentada nos mesmos degraus onde passara tanto tempo quando criança. Esperava o governador recebê-la. Mas era sua esposa, Don'Ana, que vinha chamá-la.

— Entra, Dona Damiana, venha comer com a gente. Esta casa também é sua. Dom Castilho não vai poder conversar com a senhora agora, mas enquanto isso entre e vamos proseando.

O governador, que respeitava aquela índia inteligente e tão ciosa de suas coisas, acabava recebendo-a mais para o final do dia. Dizia:

— Entenda, Dona Damiana, que isso é caso da Justiça, não compete a mim. Seu protegido ameaçou o comandante. Não pode ser perdoado.

— Peço sua licença, Senhor Governador — de cabeça meio baixa e voz forte, ela desta vez contestava, por mais raro que lhe fosse contestar os brancos, desta vez achava que isso precisava ser feito, não era pescar em poça de lama, era preciso, e o governador é um homem bom, é um homem manso. — O cativo é *moço na véspera do casamento*, Senhor Governador, e o comandante o ofendeu gravemente.

— Sim, Dona Damiana, mas isto a Justiça é que terá de resolver.

— Com sua licença e seu perdão, Senhor Governador, mas ele não fez nada. Só ficou zangado. Não merece a prisão.

— Sei que não merece, Dona Damiana.

— Ele também é filho de Deus, como o senhor diz, Senhor Governador. Ele também é batizado e é brasileiro, como o senhor diz.

A dignidade do trio, os argumentos de Damiana e a visão da choça como uma ameaça velada quebrando a simetria da praça acabaram convencendo o governador que era melhor interferir no caso e achar logo uma maneira de soltar o rapaz, com o argumento de que o índio realmente não poderia ser acusado de nada já que não chegara de fato a atacar ninguém.

Kôkriti finalmente foi solto.

E assim como o cabo Ari, o jovem guerreiro e sua noiva jamais foram vistos de novo no aldeamento. Só que deles — ao contrário do cabo — todos na aldeia sabiam perfeitamente o paradeiro: alguma aldeia do grande território panará.

Um jantar civilizado

É temporada de cigarras.

A chuva no meio da tarde espalhou o cheiro doce de terra molhada pela cidade e pareceu enlouquecê-las. A cantoria, que é mais um zumbido ininterrupto, estala nos ouvidos europeus de Saint-Hilare. Ele é naturalista mas, por Deus!, é também humano e, depois de três anos percorrendo esse país de abundância e excessos, tem direito a ter suas implicâncias. Uma delas — está começando a descobrir — é esse exaspero das cigarras.

Saint-Hilaire é um viajante ilustre e está a caminho do palácio.

Vai jantar com o governador Francisco Delgado Castilho, como vem acontecendo muitas vezes desde que chegou. Acabara de passar dois dias no aldeamento de Mossâmedes, de onde voltou esta tarde, e está muito interessado em conversar a respeito. Sua cabeça estala, procurando entender o que tinha visto.

Na casa do governador, a mesa é de madeira simples, mas o jantar é servido em porcelanas e pratarias, um luxo que contrasta com todo o resto. A casa que chamam de palácio — o francês não se furta em reparar — só com muita boa vontade pode ser considerada assim. A pobreza da cidade é um fato, embora a região seja bastante rica. No entanto, é pouco explorada, sua colonização mal começara. Tudo ainda está por ser feito na província. Desde que chegou, o viajante está impressionado com o que considera apatia dos seus habitantes e indiferença do governo central.

Sobre a mesa, garrafões de vinho português.

É fim de tarde, e a cantoria das cigarras entra pelas frestas da casa e pelas janelas que o governador gosta de deixar abertas para sentir o frescor desse que, para ele, é o único momento relativamente agradável do dia, depois que o calor e os problemas da vez dão alguma trégua.

Saint-Hilaire sente-se levemente zonzo: o zumbido está particularmente atordoante. Quer pedir ao governador que feche as janelas, mas sua educação o impede.

Entre os comensais, está o atual vigário-geral, um senhor idoso — ou que talvez apenas aparente ter mais idade pela leve sonolência permanente, provavelmente de fundo nervoso. Está também — e pela primeira vez — um jovem pedante, Hernando Adade, alto funcionário do governo recém-chegado à cidade. E Dom Nonato, uma das pessoas cultas da região, fazendeiro e bonachão — um dos poucos, senão o único, amigo mais íntimo do reservado governador.

Saint-Hilaire comenta sua viagem ao aldeamento de Mossâmedes e a conversa se fixa nisso, um eterno assunto da ordem do dia na província na época.

— A grande questão que se coloca para todos nós é: os índios são humanos? — comenta Dom Nonato. — É a pergunta que vem sendo feita desde o começo da colonização desta terra e até hoje não se chega a um consenso na resposta. Estamos no século XIX, e muita gente portuguesa, e mesmo brasileira, nascida aqui, acredita que o índio não tem condições de se aperfeiçoar, de se alçar acima da própria natureza.

— Mas essa é uma idéia ultrapassada, caro Dom Nonato — diz o governador, que está bem mais falante do que o habitual. — Do meu ponto de vista, a grande questão agora é saber se esse homem ainda em estado selvático, esse índio bravo do Brasil, tem a capacidade de trabalhar como se precisa. No estado selvagem em que estão, são por natureza preguiçosos. Como não têm grandes necessidades, está tudo à sua mão, a caça, a pesca e os frutos silvestres, para que trabalhar? Não precisam de casa, porque vivem ao tempo. Não precisam de roupas, porque vivem nus. Não precisam de nada porque nada possuem: não sabem o que é a propriedade. Não conhecem a mercadoria, e sequer conseguem imaginar o ato de compra e venda. Não têm a menor noção do que chamamos de lucro, a base de nossa civilização. Portanto, o que é possível fazer para transformá-los?

— Há quem ainda defenda a tese de que o clima das Américas não é favorável à raça humana — intervém o jovem Adade, ansioso para dizer qualquer coisa. Ele também está profundamente incomodado com a algaravia das cigarras e dos dois filhos do governador que passam pela sala, correndo, sem o menor respeito com a formalidade e a posição dos convidados do pai. A pouca civilidade dos habitantes da cidade o deixa atônito. Sente-se já levemente arrependido de ter se esforçado tanto para conseguir um posto que ninguém queria, mas ele supusera, pelo visto equivocadamente, que poderia lhe render agilidade e rapidez na escalada de sua carreira. Passa pelo rosto suado o alvo lenço de cambraia com suas iniciais e continua, pois acha essa teoria sumamente interessante. — Acreditam que assim como os animais de porte não podem vingar no Novo Mundo, a espécie humana também está destinada a degenerar aqui, sem chegar à maturidade. Os índios seriam a "senescência" de uma humanidade prematuramente envelhecida e destinada à extinção. Ou então, é o ponto de vista exatamente ao contrário, e é o que me parece mais correto: o índio não seria a velhice, mas a infância da "humanidade". São como fósseis de uma era pela qual já teríamos passado. Depois dessa puerilidade prolongada, seu destino não pode ser outro a não ser chegar à civilização. Com nosso exemplo e nossa ajuda, poderão, sim, se transformar no trabalhador de que a província necessita.

— Ou se civilizam, ou morrerão com nossas balas e nossas doenças. Por mim, pelo que vejo acontecer todo dia, acredito que o destino deles é esse: desaparecer, de um jeito ou de outro — diz Dom Nonato.

— Que me perdoem os senhores, mas hoje passei um bom tempo refletindo sobre os silvícolas — interfere Saint-Hilaire. — A forma de governo de Mossâmedes foi calcada na que havia sido adotada pelos jesuítas, e é forçoso admitir que é o que convém aos índios. Por sua falta total de previdência, eles são incapazes de governar a si próprios. Só que não basta ter bons regulamentos.

— Certamente que não — enfatiza Dom Nonato.

— É preciso que haja homens capazes de fazer com que sejam obedecidos. — Saint-Hilaire não pode e não quer que suas observações soem como uma crítica ao governador, mas deseja muito conversar sobre o que viu. Veio de Mossâmedes refletindo que era um absurdo pretender conseguir com soldados o mesmo resultado obtido com missionários. O que se pode esperar de homens como os pedestres? Vivem afastados de seus superiores, dos quais, portanto, não têm sequer temor e, mal remunerados e ignorantes, não têm outro objetivo senão o de se aproveitarem dos cayapós. É inevitável que os índios se sintam insatisfeitos e fujam para as matas. São perseguidos e recapturados, e tornam a fugir. Mas é com muito cuidado que ele tenta formular seus pensamentos de uma maneira educada, que não vá ofender o anfitrião: — O único defeito que parecem ter esses cayapós é a propensão de fugir para as matas. Mas vê-se logo que se não tivessem motivo de queixa quanto ao tratamento que recebem, não desejariam voltar a seu antigo modo de vida. Fiquei impressionado ao ver como são simples e mostram um contentamento e alegria que eu ainda não tinha visto na cidade.

— Isso é verdade — confirma o governador, e pára, parecendo voltar a seu mutismo peculiar. Felizmente, no silêncio que se cria na sala, Dom Nonato intervém.

— Permita-me dizer, Senhor Saint-Hilaire, que esses índios são como todos os outros, volúveis e totalmente imprevidentes. Nunca pensam no dia de amanhã, não guardam nada, vivendo apenas a hora presente e se sentindo supremamente felizes quando podem satisfazer o gosto pela carne, a cachaça e o fumo.

O cheiro de toucinho de porco que vem da cozinha parece realçar as palavras do Dom Nonato e atiça as papilas gustativas dos convidados, sobretudo as do civilizado francês. A rigor, ele acha a comida dos goianos pesada e bastante grosseira, mas aprecia de modo especial a galinhada com canjica de milho da cozinha do governador. Espera com ardor que seja este o prato a ser oferecido no jantar de hoje. Volta a se concentrar na conversa, observando que Dom Castilho resolvera falar outra vez:

— São de temperamento infantil, é forçoso reconhecer, e precisam de alguém para guiá-los — o governador diz. — Imagine o senhor que, quando foram atacados pelo sarampo alguns anos atrás, no delírio da febre iam banhar-se na água fria. Morreram mais de oitenta.

— A constituição deles não ajuda: são fracos demais. E ignoram as coisas mais elementares — concorda Dom Nonato.

O zumbido das cigarras continua como bigornas batendo incessantes, e Saint-Hilaire mais uma vez tenta imaginar se não haverá alguma maneira polida de sugerir ao anfitrião que feche as malditas janelas, mas se contém. Não se deixará vencer por essa insuportável praga verde-amarronzada. Tem uma outra coisa que deseja comentar:

— Antes de deixar a aldeia, fui apresentado a Dona Damiana, que com certeza os senhores conhecem. Todos foram unânimes em dizer que é a pessoa que merece a mais alta consideração dos cayapós em toda a aldeia. E, de fato, ela me pareceu uma líder nata.

— Ah! Dona Damiana é um milagre — intervém o vigário, despertando da sonolência crônica em que vinha escutando a conversa, nessa noite ainda mais realçada pelo garrafão de vinho do governador. — Desde criança, é muito conhecida aqui, e toda a cidade sabe da sua história quando chegou menina e chorou ao ser convertida.

— Com mil perdões, Seu Vigário, mas acho que essa história da

Dona Damiana é outro exagero — refuta imediatamente Dom Nonato. — Como é que ela pode ser tão católica assim se os padres daqui, como o senhor mesmo reconhece, e nem vamos falar dos nomeados para Mossâmedes, não são como os jesuítas, são do clero secular, e não têm como prioridade a tarefa de catequese? Aposto uma rês de qualidade se tiver um índio por aqui que saiba rezar o Padre-nosso, ou o Credo inteiros. Sinto discordar, mas não vejo neles religiosidade nenhuma.

Saint-Hilaire outra vez intervém. Sua cabeça está cheia de informações que precisa digerir e anda horrorizado com os padres da região. Já que não pode criticar o governo ali naquela sala, pode pelo menos dizer o que pensa sobre o comportamento do encarregado de representar a Igreja entre os cayapós.

— Realmente, as idéias dos índios de Mosssâmedes sobre o cristianismo só podem ser muito superficiais. O padre encarregado da aldeia limita-se a celebrar a missa dos domingos, passando o resto do tempo em seu engenho de açúcar, a duas léguas de distância. Nem passa por sua cabeça que um padre tem outros deveres a cumprir. Não, meus senhores, ele não se preocupa com a salvação das almas! Prefere fabricar açúcar!

— Não vou discordar do que o senhor afirma, meu nobre cientista, pois reconheço que é verdade. Mas é bom enfatizar que entre as nossas tarefas principais não está a da catequese — hesita o vigário, cansado. Ele considera parte integrante de seu martírio particular ter de permanentemente explicar as diferenças entre os jesuítas e os padres seculares. Procura mudar o enfoque da conversa. — Mas é por isso mesmo que temos aí uma questão interessante. Justamente porque a religiosidade dos índios é praticamente inexistente, tanto mais importante se torna enaltecer as qualidades de Dona Damiana, fazer dela um exemplo. De mais a mais, ela é tão religiosa que não perde uma cerimônia cristã. Não perde nenhuma das nossas festas. — Ele gosta muito de falar das festas, sobretudo as da Semana Santa, que considera uma das grandes conquistas da Igreja naqueles ermos, fazer celebrações católicas dignas de toda admiração.

— Ora, perdoe-me mais uma vez, Senhor Vigário! — Dom Nonato não vai perder a oportunidade, pois é outro que adora criar dificuldades para os padres. — O senhor só vê Dona Damiana quando ela vem aqui tratar dos assuntos do aldeamento ou acompanhar as festas. Mas se a visse lá, entre o povo dela, como eu já vi, não a reconheceria. Sem as roupas de branca, pintada como índia, é outra pessoa. E comanda os índios a seu bel-prazer.

— Então, por que ela foi buscar os irmãos, naquela expedição que fez ao sertão? Foi praticamente sozinha e voltou com uma aldeia inteira. Por que ela faria isso, se não fosse pela fé? — insiste o vigário.

— Bom, daquela vez, ela foi por iniciativa própria, é verdade — volta a intervir o governador. — E mostrou que tem uma grande liderança para fazer isso. Mas agora sou eu quem está lhe pedindo para que vá uma vez mais. Tento persuadi-la a fazer outra expedição ao território deles. É preciso pacificar a região e conseguir civilizar os índios. Minha esperança é que Dona Damiana consiga convencê-los.

— Pois justamente — teima o vigário —, ela consegue convencê-los porque é uma boa cristã, uma missionária, um soldado de Cristo. Quando eles chegaram da outra vez, a primeira coisa que fizeram foi se batizar.

— Cá entre nós — prossegue o governador, não muito satisfeito com a interrupção do vigário —, acho que os motivos dela são outros. Tenho muito respeito por Dona Damiana, conheço sua inteligência. E acredito que ela pretende tão-só um bem-estar maior para seu povo. Ela vai buscá-los porque reconhece que a vida nos aldeamentos é a mais adequada.

— Foi o que ela me disse. Exatamente isso — entusiasma-se Saint-Hilaire. — Que ia empreender nova viagem, agora a seu pedido, Governador, por se achar convencida de que seus parentes viveriam melhor no aldeamento do que no meio da mata. E quando me mostrei reticente quanto a sua capacidade de convencer os índios a virem se aldear, ela disse uma frase memorável. "O respeito que eles me têm é grande demais para que não façam o que eu mandar." Foi o que ela própria me disse, textualmente. Só um grande líder poderia falar assim. Fiquei impressionado.

— Pois é isso, justamente — volta a insistir o vigário. — Considero isso a exata manifestação de sua fé na civilização cristã. Na crença do que ela vê acontecendo nos aldeamentos e na província.

— Que me perdoe outra vez o Senhor Vigário e nosso nobre visitante, mas esta província é o traseiro do Demônio — diz o desbocado Dom Nonato. — Os que vieram para cá não são bons exemplos de civilização nenhuma. São como aves desgarradas impelidas pelo vento, que chegaram farejando ouro e, mal o metal escasseou, partiram com a mesma facilidade. O ouro daqui não chegou a florescer, não se consolidou, não ergueu civilização nenhuma, como em outras partes da Colônia.

— O senhor está exagerando, como sempre, Dom Nonato.

— Pode ser, Senhor Vigário. Mas veja a sua própria igreja. As autoridades eclesiásticas não se importam muito com o que se passa aqui. Nem bispado a província tem.

— Pois logo terá, o senhor verá.

— Com séculos de atraso. Parece que é a maldição desta terra: estar sempre com dois séculos de atraso em relação às outras províncias.

— E talvez esse atraso explique algo inconcebível que tenho visto por aqui — agora é o jovem funcionário que tenta mudar o rumo da conversa. É a sua oportunidade de fazer bonito frente àqueles senhores. Também está sentindo o movimento cavo de seu estômago e pretende disfarçar a fome com um assunto mais picante. Felizmente, os dois filhos do governador parecem ter sido chamados à ordem, pois desapareceram. — Há pouco cheguei a Vila Boa, mas já pude notar coisas inadmissíveis na cidade, inclusive o fato de vários moradores viverem abertamente com as amantes, como se fossem esposas, sem pensar em desposá-las. Os senhores já perceberam isso?

Um silêncio constrangidíssimo cai como balde de água fria no centro da sala.

Não se ouve mais nem o zumbido das cigarras: a noite caiu.

A não ser o autor do infeliz comentário, todos os demais convidados não sabem para onde olhar.

Por poucos segundos, no entanto, pois logo escutam a voz gélida do governador:

— Mas o senhor realmente acha que eu poderia me casar com a mãe de meus filhos, a filha de um carpinteiro? Como o senhor, nobre funcionário, acha que a Corte portuguesa a receberia? Como o senhor mesmo consideraria isso, diga-me.

Só então o desprevenido recém-chegado percebeu o erro que cometera.

Erguendo-se da cadeira que ocupava, sem saber onde pôr pés e mãos, tampouco sabia como se desculpar, a não ser com um realmente sincero:

— Lamento muito, Senhor Governador, me perdoe. Eu não estava me referindo à sua senhora, nem à sua família. Ignorava completamente qualquer coisa a respeito. Me perdoe.

O governador acena-lhe para se sentar outra vez. O jovem, com as maçãs do rosto manchadas pela vergonha, não sabe o que fazer.

É salvo pelas escravas que entram trazendo os pratos do jantar, e por Dom Nonato que intervém com várias interjeições e elogios ao repasto que lhes está sendo servido.

Saint-Hilaire sorri ao ver pedaços da ansiada galinha em uma das terrinas fumegantes de barro.

Fogo na mata seca

Uma névoa avermelhada tolda a luminosidade do ar.
Labaredas vermelho-encarnado, vermelho-rubi, vermelho-laranja, faíscam e correm ao vento, na dança ondulante de moita a moita de capim, e na contradança das nuvens de fumaça subindo a céu aberto, umas avermelhadas, outras cinza-negras. Ao redor da fumaça, bandos de andorinhas e de aves de rapina mergulham, rápidas, e de novo sobem. É um movimento veloz de ataque: são predadores que procuram fugitivos. Os bicos das andorinhas buscam os insetos esbaforidos; as garras dos gaviões, os bichos pequenos das matas.
É época de coivara, a técnica usada desde sempre pelos grupos indígenas para preparar o solo para o roçado. Ateia-se fogo nos trechos da mata para abrir a clareira que, depois de limpa, estará pronta para receber as sementes do novo plantio.
Durante toda a noite, o fogo continua queimando e avançando nas direções abertas pelo vento: as linhas rubras vão formando o desenho que ilumina o breu, e avança. Nesse clarão que ronda o campo, o morro vira um estampado de trechos negros, na escuridão, contra trechos em brasa e faiscantes.
Quando as línguas de fogo, por fim, não encontram mais capim que lamber e sua carreira de destruição aos poucos se extingue, o chão que resta, coberto de cinza escura e de pequenas árvores calcinadas, lembra os campos devastados das batalhas.

O calor parece queimar a pele. O ar seco fica irrespirável por alguns dias.

No aldeamento, o fogo que alastra é de outro tipo, e talvez mais destruidor.

O chefe administrador de Mossâmedes é agora um coronel que vive na cidade de Vila Boa, como encarregado dos índios de toda a província. Diretamente abaixo dele, e estabelecido no aldeamento, está o comandante do Corpo de Dragões, com um soldado do mesmo regimento e 15 soldados pedestres, recrutados na região.

Essa é a realidade do aldeamento-exemplo: cerca de 17 homens armados supervisionando um trabalho que nada tem de voluntário.

Havia também Dona Onciliana, mãe do comandante — homem grosseiro, ignorante e cruel, como eram unânimes em dizer os viajantes e visitantes que passavam. Sua mãe, megera temida até pelos soldados, viera morar no aldeamento e dirigia o trabalho das mulheres nas rodas de fiar e nos teares.

Os cayapós queixavam-se constantemente do comandante, da megera sua mãe, da não liberdade, do trabalho tedioso e opressivo do plantio à maneira dos brancos. A permissão para deixar a aldeia nem sempre era conseguida.

Também estavam permanentemente famintos. O aldeamento não conseguira resolver o problema do auto-abastecimento e muitas vezes nem mesmo as necessidades imediatas eram supridas. A caça e a pesca nos arredores diminuíam depois dos anos de exploração contínua.

Além de tudo, do ponto de vista deles, a localização da aldeia não era considerada adequada, e todos recordavam os tempos de liberdade e independência. Alguns se lembravam até mesmo dos primeiros tempos em Maria Primeira, quando a terra era mais fértil, a caça e pesca mais abundantes e a supervisão menos intensa.

Nessas circunstâncias, os mais ousados e "bravos" continuavam fugindo na primeira oportunidade, para voltar às comunidades de origem. Para o comandante, as fugas, além de diminuir a mão-de-obra necessária ao sustento da aldeia, eram a prova clara do seu fracasso. Tentava, assim, aumentar o controle sobre os que ficavam. E se enraivecia.

Por sua vez, o cacique Teseya sentia-se vivendo sob o olhar permanente de uma onça brava.

Na verdade, sua posição de cacique no aldeamento sempre fora dúbia e contraditória. Sua autoridade nunca foi completa. Além do comandante branco, havia também os outros caciques que chegavam.

Teseya era forte, troncudo. Caçador corajoso e experiente, campeão em vários jogos da aldeia, exímio na borduna e na flecha. Mas era um guerreiro sem guerra. Criado, desde criança, no aldeamento, nunca teve a oportunidade de pôr em prática sua cultura de combate. Nesse sentido, era a própria encarnação da contradição em que viviam os cayapós do aldeamento: chefe de um povo guerreiro, sem nunca ter feito a guerra.

Sem dúvida, isso era uma ameaça permanente à sua autoridade. Só atenuada pelo fato de ser um chefe querido.

Teseya era um homem suave. Receptivo.

Acolhia os outros caciques e, dada sua situação insólita, desde o começo aprendera a dividir o poder. Fazia o possível para estabelecer o lugar de cada um no precário equilíbrio da trégua. Não poupava esforços para que, pelo menos entre eles, a discórdia não prevalecesse. E governava com o apoio de Damiana e Manoel.

Continuava seguindo a máxima do grande Angraíocha: quem não concordasse com as regras do aldeamento deveria partir. Só quem se comprometesse a obedecer deveria ficar. Essa estratégia, de certa forma, era o que garantia a unidade no aldeamento, embora sempre houvesse os momentos em que a rebelião envenenava o ar. A pressão para que, de uma vez por todas, eles pegassem em armas.

Nessas ocasiões, as fogueiras noturnas se estendiam pela noite afora, com os guerreiros pesando os prós e os contras. Luiz, que antes de morrer andava muito preocupado com a situação do aldeamento, uma vez perguntara por que eles não se uniam com os outros povos guerreiros do planalto — como os xavantes e os acroás — para enfrentar os brancos.

Isso não era possível, Teseya lhe explicou.

Esses outros povos indígenas eram seus primeiros inimigos, muito anteriores aos brancos. Tinham sido escorraçados da região há tempos e a luta contra eles era permanente.

Eram inimigos enfrentados de igual para igual. Homem contra homem, flecha contra flecha, borduna contra borduna. Os panará venciam porque eram os mais fortes, os mais valentes. Eram homens-sol. Não tinham a mansidão desprezível de homens-lua.

Mas a guerra contra os brancos era bem diferente. Era flecha contra arma de fogo, homem a cavalo contra homem a pé.

Todos os povos do planalto estavam ameaçados, é verdade, mas era impensável a união entre eles. O que ocorria era justamente o oposto. Como fizeram os bororos e também os goyás, que se uniram aos brancos contra os cayapós.

De qualquer maneira, não tinha adiantado nada. Eram os que mais morriam de doenças. Os goyás estavam praticamente desaparecendo. Já não tinha mais goyá no cerrado. Andavam por aí meio mortos.

Os brancos não poupavam sequer seus aliados.

A segunda expedição

Às vezes chegam viajantes a Mossâmedes. Estrangeiros como o francês Saint-Hilaire, ou o alemão Pohl, ou brasileiros em inspeção, como Cunha Mattos. Querem ver como vivem os índios, conhecê-los de perto. Ficam muito mal impressionados, sobretudo com duas coisas: a desorganização e a ausência da Igreja Católica.

Passam por lá também outros tipos de viajante. Ciganos, tropeiros, mascates, e um ou outro desgarrado, à procura de um canto onde ficar.

Uma tarde chegou um branco, de nome Favel. Vivia do que lhe pediam para fazer: roçado, pesca, caça, traslado de boi, venda de qualquer coisa. Só não se metia com garimpo, pois tinha feito uma promessa a Sant'Ana, Mãe Santíssima da Virgem Maria, que o curara de uma tosse maldita depois que prometera não garimpar nunca mais e não "matar gente nem índio".

Favel tinha vindo mascatear algumas mercadorias, mas não demorou a perceber que índios nem soldados tinham lá como comprar quase coisa alguma. Nesse ínterim, se encantou com uma indiazinha atrevida, entrando na puberdade: Punquerê. Ficou por ali uns dias e, quando decidiu partir, disse que queria levá-la com ele para viver como sua mulher, onde desse.

Punquerê quis ir.

Damiana foi falar com Teseya para não permitir.

Não via com bons olhos quando algum deles resolvia viver por conta própria com os brancos. Não entendia ao certo o motivo, mas seu coração se inquietava. Um temor, uma premonição. Parecia haver alguma coisa profundamente antinatural nisso.

Mas Favel foi convincente. Esparramou sua trouxa de mercadorias na frente de Teseya e da família de Punquerê e lhes disse para escolherem o que quisessem.

Todos riram muito. Punquerê também. Estava em uma situação de importância, mulher do branco de tanta riqueza. Queria ir com Favel.

Então, foi.

Seu Alípio Mascate é outro que de vez em quando passa por ali. Não vende muita coisa, mas gosta dos índios — sejam cayapós, xavantes, goyás, acroás, é amigo de todos. Gosta de ver a alegria espalhafatosa das caras admiradas em volta de suas quinquilharias. São os que mais sabem apreciar seus pequenos tesouros. Se todos fossem assim, valeria a pena ser mascate. Ver as caras contentes, as bocas abertas no riso grande, pode não lhe render grande coisa para o bolso — já que pouquíssimos têm algo para oferecer em troca —, mas faz bem a seu coração. Sente-se importante.

Ele vem vestido de couro, seu traje de varar mataria, e a barba selvagem como capim do mato descendo emaranhada até o peito. Na cabeça tem um chapelão de couro, no pescoço um lenço azul e, pendurada de través nas costas, a espingarda. É alto, forte, curtido pelos dias e noites em campo aberto. Vem com sua mula estradeira já de passagem de volta para Vila Boa, com poucas mercadorias; às vezes até sem mercadoria nenhuma, quando tem sorte de já ter vendido tudo. Passa ali mais para descansar do que para fazer comércio, mas sempre guarda um ou outro presentinho para os amigos.

Gosta de prosear com Dona Damiana, que conhece desde menina, desde o outro aldeamento, o Maria Primeira. Naquela época, os cayapós pareciam mais felizes e ele passava dias acampado por lá, desfrutando do convívio amistoso e franco. Conheceu Angraíocha. Aprendeu muito da língua e das habilidades desse povo que conhece o mato e os bichos como ninguém.

Seu Alípio não aceita de jeito nenhum que falem mal dos índios perto dele. Já andou se enrabichando com algumas índias e é certo que deve ter filhos mamelucos espalhados pelas aldeias desse cerrado de Deus. Mas não é homem de se casar. Preza sua liberdade como a graça primeira e principal que Deus houve por bem lhe dar.

Dessa vez sua jornada não fora produtiva, e ele chega com várias mercadorias que sobraram, inclusive um bom pedaço do rolo de chita cor-de-rosa, mas duvida que alguma índia tenha com que trocar. O que elas gostam mesmo é das miçangas, das pulseirinhas de colares de latão dourado, das fitas, pentes, e facas e canivetes. Ele costuma fazer trocas por peles de animais, principalmente de jaguatirica e de tamanduá. Os índios não são bobos, até que têm uma ou outra coisa para trocar, mas acabam trocando tudo por aguardente.

Seu Alípio não vende aguardente no aldeamento, se recusa. Primeiro, porque ele mesmo não gosta; tem uma doença no fígado que não agüenta sequer o cheiro de álcool. Segundo, porque garrafa de aguardente ocupa o espaço de outras mercadorias mais valiosas. E terceiro, porque não acha certo embebedar esse povo bom e inocente. Quando escuta os colonos rindo e falando da esperteza que é embebedar índios para depois enganá-los de tudo quanto é jeito, fica com raiva e pena.

O mascate costuma chegar direto na praça, onde é logo rodeado pelas índias e pelos índios. Abre o baú e fica apreciando a alegria daquele povo que nessas horas parece criança. Deixa que peguem em tudo, experimentem. Prende um espelho no cangote da mula e deixa que se divirtam.

Pedrinhas azuis, vermelhas e rosas brilham nas mãos de um, uma lamparina de lata na mão de outro. Pó-de-arroz, vidro perfumoso de colônia, anel de pedra branca leitosa, imitando pérola. Pedrinhas que parecem brilho de pirilampo. Um chinelo macio de couro. Um bule de ágata verde com florezinhas pintadas.

Seu Alípio Mascate sabe que dali a pouco as peles de animais e pozinho de ouro ou uma ou outra pedra de diamante vão começar a aparecer. Enquanto espera, pergunta para uma das índias:

— Cadê Dona Damiana, que ainda não apareceu?

— Ela saiu cedinho pro mato. Com jeito de quem vai demorar.

À noite, conversando com outros cayapós, ele fica sabendo que Damiana, esses tempos, tinha dado para sair muito do aldeamento. Ia por aí, às vezes demorava dias para voltar. Dizia que precisava arrumar as idéias na cabeça, que tinha muita coisa acontecendo, muitas perguntas sem resposta, muita fumaça, muito disparate. Que precisava ouvir a voz dos ancestrais.

Vira e mexe tem briga na aldeia entre o povo cayapó, eles contam. Tem muitos que não querem largar a aguardente e ficam fazendo confusão à noite, ao redor da fogueira. Tem acontecido até o que antes não acontecia: furto na aldeia. E quando Teseya não está presente, é Damiana quem tem de apartar. Ontem mesmo, ela custou até dar conta mas acabou apartando uma briga feia entre duas mulheres por causa de uns trapos de pano. E outro dia teve uma briga ainda pior entre os guerreiros, e foi preciso Teseya falar bravo, como cacique, e chamá-los à razão para não se matarem uns aos outros. Disseram que foi por ciúme da mulher, mas não foi só isso: um acusou o outro de ter lhe furtado uma faca. Gritava cheio de ódio, Já me furtou uma faca, agora quer furtar também minha mulher!

Triste, briguento, faminto. É assim que está o povo no aldeamento.

É por isso que, sem saber o que fazer — e sem Luiz —, Damiana sai em jornadas longas.

Amiúda suas idas aos santuários panará.

O principal, o mais bonito, é o da terra da alegria, mas tem outros, são vários os santuários onde os antepassados deixaram sua marca. Ela vai à gruta das araras. Passa a noite ali, olha os desenhos nas paredes: calangos, lagartos e araras de asas estendidas voando, subindo alto, para o céu aberto. E os mesmos trançados que ela faz quando pinta o corpo. Tenta entender o que significam.

Pensa: os bichos e os panará sempre viveram aqui nessa terra que é tão grande. Por que os brancos que chegaram depois podem dizer que essa terra é deles?

Quando sua peregrinação é aos santuários mais distantes, leva o irmão, Manoel.

Em uma das cavernas estão pintadas estrelas e uma espécie de ramo que sobe, branco, com outros vários ramos menores, como se pertencessem todos a uma árvore branca que cresce e cresce e sobe e vai e passa. Como a vida dos homens, das plantas, dos animais. São muitas linhas, manchas, círculos, bichos, estrelas. São recados dos antepassados. Sua voz.

Ela pede iluminação. Pede para escutar outra vez, ainda que apenas em pensamento, a voz querida de Romexi.

O que dizer a seu povo? O que lhe oferecer? Como persistir na crença de que no aldeamento a vida é melhor para os panará?

Como defender essa vida de espera?

Ainda acredita que é possível viver em paz ao lado dos brancos. A terra é essa planura sem fim. Tem lugar para abrigá-los, a todos os povos, a todas as tribos.

Seus pensamentos parecem girar em um círculo. Começam sempre com a mesma pergunta e terminam, sempre, com a mesma resposta.

Se enfrentasse abertamente o branco, seu povo morreria.

Não havia outra saída, a não ser tentar a paz dos brancos e se unir e tentar fazer do aldeamento o lugar de fartura e de alegria cayapó.

Sente-se quase obrigada a acreditar nisso.

Se todos se unissem, se fossem fortes o suficiente no aldeamento, ela conseguiria que mudassem o comandante, que Dona Onciliana fosse mandada embora. E eles plantariam mais e a colheita seria só deles. E comeriam e viveriam bem e voltariam a ter o riso alegre e fácil do começo do mundo. Aprenderiam outra vez a se jogar para o alto, se equilibrar, dançar de ponta-cabeça.

Exibiriam de novo a alegria pura de ser quem eram, panará e livres.

Por isso, 11 anos depois da primeira expedição que fizera por sua própria iniciativa, Damiana agora aceita sair em busca de sua gente pela segunda vez, atendendo ao pedido do governador Francisco Delgado Castilho.

Dessa vez, não vai só. Embora tenha recusado a idéia de Dom Castilho de enviá-la com um grupo de soldados, Damiana chama dois panará para acompanhá-la: José e Luzia.

O verdadeiro nome de José, seu nome panará, é Tikriti. O de Luzia é Sampuyaka. Os dois são jovens, fortes e resistentes, e fiéis seguidores de Damiana. Como ela, não vislumbram outra saída a não ser a vida no aldeamento.

Para Dom Castilho, a expedição deveria encontrar os que haviam fugido de Mossâmedes e convencê-los a voltar. Damiana sabe que isso não será possível. Os que conheceram a realidade do aldeamento e fugiram, tinham feito uma escolha e não voltariam. Restava as aldeias que, naquele momento, estavam sob ameaça direta. Seu objetivo, portanto, é um pouco diferente do pretendido por Dom Castilho: é a mortandade nessas aldeias que ela espera evitar, convencendo-as a ir com ela e fortalecer o aldeamento.

Essa segunda expedição dura menos tempo: três meses. Damiana sabe exatamente que região corre perigo iminente de ser atacada pelos brancos, e sabe a que aldeia deve se dirigir.

Depois de passar por um pequeno riacho de filetes de águas rasas e transparentes e por uma pequena floresta onde viu clareiras com roças de amendoim, Damiana e seu grupo avistam as choças baixas típicas das aldeias panará, dispostas em círculo. Choças feitas de palha e varas, a porta baixa para se entrar agachado, o teto de palha seca. De um lado, a casa do chefe, a maior e, no meio da praça, o rancho comum da Casa dos Homens.

É a aldeia do grande chefe Krekô, que a recebe com os rituais e festas de praxe.

Dessa vez, ela leva presentes enviados pelo governador: ferramentas e colares e espelhos. É muita a euforia da aldeia com tudo aquilo.

Na noite seguinte à da chegada, Damiana fala por que veio.

— Os brancos estão se preparando para atacar sua aldeia, grande chefe Krekô. Foi o que escutei.

— Se vierem, estaremos aqui para enfrentá-los.

— Estarão aqui para morrer, é isso que o grande chefe está dizendo. Nossos guerreiros são mais bravos e valentes, mas nossas armas são menos poderosas do que as deles.

— Podemos emboscá-los na mata, antes que cheguem aqui.

— Sim, podemos. Mas eles vão continuar chegando, e logo não teremos forças para impedir. O Rei, o grande chefe deles, disse que agora eles estão livres para atacarem nosso povo quando quiserem.

— Mas, irmã, então como será?

— A saída por enquanto continua a mesma de antes, grande chefe Krekô. Não há outra porta a não ser a da trégua, como diziam Angraíocha e Romexi.

— Irmã, meu coração sangra, sabendo que sua boca fala a verdade da nossa situação. Mas o que farão nossos guerreiros para se vingar? Um panará tem de vingar o mal que é feito a ele, irmã.

— Sim, um panará tem de vingar o mal que lhe é feito.

— Essa terra toda é do nosso povo, irmã. Nossos antepassados viveram aqui, nossos filhos devem viver aqui. Não podemos deixá-la para o invasor.

— Não, irmão. Mas se nosso povo ficar dessa vez ele morre. Nossos antepassados hão de nos guiar para conseguir fazer da nova aldeia um lugar de felicidade panará.

— Irmã! Como acreditar nas duas bocas do homem branco?

— Tem branco de um tipo e branco de outro. Tem branco que fala a verdade. É desses que devemos ser amigos.

— Mas como acreditar no branco?

— Não é no branco que acredito, grande chefe. É no nosso povo. Acredito que, juntos, seremos guiados pelos nossos ancestrais e encontraremos uma terra onde viver em paz.

— E não vamos vingar as ofensas que eles estão nos fazendo?

— Vamos vingar, sim, nos tapir das florestas. Como nossos antepassados tantas vezes fizeram.

— Mas só enquanto durar a trégua, irmã.

— Enquanto durar a trégua, chefe Krekô.

Depois de três meses, Damiana volta com cerca de setenta índios.

A cerimônia de recepção dessa vez é grandiosa, com fogos e gala. Nada que se comparasse à primeira entrada dos cayapós em Vila Boa, mas era a maneira de causar boa impressão aos recém-chegados. A expedição tinha sido enviada por Dom Castilho, e ele faz questão de receber os índios com honras e respeito.

O chefe Krekô recebe o abraço da paz.

Os sinos das sete igrejas repicam, e o ar se enche com os sons do estrondo dos mosquetes e do canhão da praça.

Mais uma vez, todos são imediatamente batizados.

Torres de pedra

Damiana está voltando de Vila Boa.
Sente uma dorzinha fina no fundo dos olhos. Se continuar, ao chegar ao aldeamento vai se escarificar. Está caminhando só, como gosta de caminhar quando quer pensar.
Mandou José e Luzia na frente, levando os presentes que recebeu de um casal recém-chegado à cidade, que se admirara ao vê-la falando tão fluentemente o português. A jovem senhora estava enviando mantimentos e dois vestidos; Damiana agora só aceitava roupas de branco quando sabia de quem era. Achara um dos vestidos muito bonito, e parecia ser do seu tamanho, mas tinha seguido com os outros que seriam distribuídos na aldeia. Todos os presentes que recebia, mesmo os que eram dados especialmente a ela, por ser quem era, ela distribuía. Era essa a praxe entre os líderes panará, e assim era feito, como símbolo de nobreza e desprendimento.
Em Vila Boa tinha ficado sabendo de algo que a deixou muito confusa.
A notícia que a cidade toda estava comentando e que chegara do Rio de Janeiro, a cidade mais importante dos brancos: o suicídio do ex-governador Dom Delgado Castilho.
Damiana respeitava Dom Castilho, com quem tivera um longo convívio, o mais longo que tivera com um governador. Muito mais do que com seu padrinho e com Dom Tristão. Dom Castilho tinha sido a autoridade máxima da província por 19 anos. Sempre a tratara com

respeito. E ela acreditava nele como homem de uma boca só, que se esforçava, à sua maneira, para tratar seu povo com justiça e controlar os colonos. Foi por acreditar nele que ela aceitou fazer sua segunda grande viagem ao sertão dos panará.

E agora, isso.

Damiana vê a figura de Dom Castilho à sua frente. Sua figura de homem calado e sempre triste. Tinha o rosto cavado, bem diferente do rosto cheio dos índios, e os olhos fundos, meio parados, de quem parecia não apreciar muito o que estava vendo. Era respeitado e temido e, perto dele, as pessoas também falavam pouco. Sorriam menos ainda.

Sua mulher, Don'Ana, era filha do carpinteiro da cidade. Ao contrário dele, era conversadeira, expansiva, conhecida pelo temperamento forte. Tratava muito bem Damiana — era uma das poucas mulheres brancas que tinham alguma intimidade com a índia. Era mais nova e a chamava de Dona, como Dom Castilho. Insistia para que se hospedasse no palácio, quando ela ia a Vila Boa. Dizia, Dona Damiana, quando criança a senhora morou nesta casa que foi do seu padrinho. É de direito que continue pousando aqui quando vem à cidade. Não se acanhe, não, a casa é sua. E estendia uma manta para que ela dormisse no quarto de seus dois filhos, meninos que não cansavam de admirar as pinturas e os adornos da cayapó, e se divertiam com os presentes que Damiana costumava lhes dar, brinquedos de crianças índias: pequenos arcos e flechas, cuiazinhas para tomar água, adornos de penas de várias cores.

Muitas vezes, acontecia — e Damiana tinha presenciado isso — de Dom Castilho passar dias sem falar, sem querer comer, sem sair de casa. Era como se seu espírito tivesse ido embora, deixando ali apenas a casca da sua figura. Ou como se tivesse mergulhado em alguma selva densa e escura dentro de si mesmo. Passava dias na sala do governo, ou no quarto do casal, sem sair nem receber ninguém. Um ou outro dos dois "curiosos" — que faziam as vezes do médico que a cidade não tinha — vinha vê-lo e receitava uma ou outra poção, mas não resolviam o problema. Depois de algum tempo, ele acabava conseguindo achar por si mesmo o caminho para voltar de sua selva e retomar as atividades diárias.

Ao vê-lo assim, uma vez, Damiana disse a Don'Ana que talvez a tristeza do governador fosse causada por muito sangue parado junto em algum lugar. O sangue é uma substância perigosa da qual o corpo exige uma medida precisa. Se há falta, a pessoa fica fraca, doente. Se há excesso, pode ficar lenta e sem ânimo, assim como estava Dom Castilho. Ela talvez pudesse ajudar. Podia escarificar a coxa ou o antebraço do governador, com o dente cortante da paca.

Dom Castilho estava sentado em sua cadeira na sala do governo.

A janela de madeira fechada deixava a sala sombria, mas faixas insidiosas de luz entrando pelas frestas da junção do telhado mostravam, quer ele quisesse ou não, que era dia e que o amarelão forte do sol dominava o espaço lá fora.

As duas mulheres entraram na sala e Don'Ana se aproximou do governador. Sussurrou algo em seu ouvido.

Dom Castilho olhou estupefato para a mulher à sua frente.

Em seguida, para Damiana, um pouco atrás.

E, de repente, na sala sombria, seu corpo começou a se sacudir, como se estivesse tendo um ataque. No entanto, não era ataque. Era o começo de um riso, um riso baixinho, contrafeito, que foi se elevando, foi dominando seu corpo em espasmos convulsivos, até que ele levantou a cabeça, agora já rindo alto, muito, muito alto, um riso molhado, ainda contrariado, quase como se insultado, mas ainda assim um riso histérico que não parava e assustou as duas mulheres.

— Me escarificar, mulher? — o governador disse, entre os quase soluços. — É isso que você está dizendo?

Seus olhos se fechavam no ardor do riso, mas ele não conseguia parar a torrente incontrolável de sua cascata.

Damiana, confusa com a reação inesperada, achou melhor sair da sala.

Don'Ana ficou lá, olhando perturbada para o marido.

De qualquer maneira, depois do ataque convulsivo de riso, Dom Castilho acabou saindo do quarto e aceitou jantar. Mas não viu Damiana que, como sempre acontecia quando não conseguia compreender o que se passava entre os brancos, saíra sem se despedir, quase escapulindo, e voltando imediatamente para o aldeamento.

Por que Dom Castilho rira daquele jeito, parecendo um louco? Ele já não tinha feito sangrias antes? A escarificação de seu povo era como a sangria dos brancos. Por que aquele riso?

Quando alguém ria dela ou de seus costumes, Damiana sentia a mesma incompreensão de menina que sentia frente a Zaqueu e os beliscões que a deixavam roxa. Sentia-se embaraçada. Não, não era só embaraço, era mais, era a terrível, a conhecida e dolorosa humilhação. Por isso, preferia sumir: era sua tentativa de mais uma vez escapulir das unhas pontudas de Zaqueu permanentemente presas ali no fundo de sua carne, bem dentro dela, inesquecíveis.

E agora lhe diziam isso, que Dom Castilho se matara no Rio de Janeiro, a grande cidade dos brancos.

Meses antes, ele e toda a família deixaram Vila Boa, rumo à terra natal de Dom Castilho, a incompreensivelmente distante terra de Portugal. Don'Ana lhe explicara que essa terra era ainda mais além da cidade que eles chamavam de Rio de Janeiro, e para lá eles iriam em um grande barco cujo tamanho ela nem Don'Ana podiam imaginar. E dissera que atravessariam o grande oceano, que era um rio tão grande que as duas tampouco poderiam imaginar: era como se não tivesse fim, um céu líquido e escuro, só que embaixo, no lugar em que ficava a terra.

Don'Ana estava feliz com a viagem, mas também lhe contou que no fundo do coração tinha um receio. Que talvez lá, nessa terra distante, ela e seus filhos fossem tratados como pessoas estranhas, inferiores.

Da maneira como o povo dessa cidade trata seus parentes, Dona Damiana. Olhando desse jeito que eles olham como se vocês não fossem tão filhos de Deus como nós. Temo que o povo de Dom Castilho olhe para mim e para meus filhos com esses olhos.

Se Luiz ainda estivesse vivo, talvez fosse capaz de lhe explicar essas coisas que Damiana escutou Don'Ana dizer mas sabia que não conseguia entender como deveria. Até hoje, e por mais que se esforce, há muitas coisas dos brancos que ela é incapaz de entender verdadeiramente.

Essa é uma delas.

Disseram que Dom Castilho se matou porque não teve coragem de casar na igreja e no registro com Don'Ana. Disseram que ao chegar na cidade do Rio de Janeiro, antes de tomar o grande barco até Portugal, Don'Ana tomou coragem e disse que só continuaria a viagem se antes ele se casasse com ela na lei de Deus e dos homens. Que só viajaria para a terra dele se fosse com todos os direitos de esposa e mãe de seus filhos, reconhecidos pela lei, e não como amásia e bastardos. Que eles tinham vivido juntos aqueles anos todos na terra dela e, agora, ao ir para a terra dele, só iria se fosse para ser respeitada como esposa legítima, aos olhos de Deus e do Rei.

Mas o melancólico e perturbado Dom Castilho não foi capaz disso. Entre a vergonha de se casar com a filha de um carpinteiro e a incapacidade de viver sem ela e os filhos, ele perdeu-se para sempre em sua própria mata densa, sem frestas de luz.

Na verdade, nem mesmo Luiz teria conseguido fazer Damiana entender essa complexa ordem ocidental. Nem mesmo ele poderia fazê-la compreender por que naqueles começos da colonização daquela beira do fim de mundo que era Goiás, os capitães-gerais que governaram a região até por volta de 1820, quase todos viviam com amantes e concubinas. Se fossem casados, não traziam as esposas.

Prefeririam viver o provisório da situação, longe de qualquer intenção de criar raízes na terra que vieram governar mas sem pensar em adotar como sua. Se casados, as esposas dificilmente se dispunham a ir morar naquela lonjura remota do interior. Se solteiros, o orgulho de branco de posse e prestígio não lhes permitia o casamento com as moças locais — nem com as brancas, em geral pobres, nem com as negras, e muito menos com as índias.

E se assim era nas esferas das autoridades, também o era na sociedade toda: o concubinato era generalizado de cima a baixo. A chegada de um funcionário importante era vivida com tensão pela cidade. Até que o recém-chegado escolhesse quem seria sua amante, as mulheres se agitavam e caprichavam nos artifícios de sedução. E os homens se agitavam, espicaçados, temendo que o recém-chegado escolhesse justamente a sua.

O caso de Dom Castilho Delgado se complicara porque ele quis levar para sua terra a mulher pela qual se apaixonara. Mas sem se sentir capaz de enfrentar abertamente a fidalguia portuguesa.

Que não pedissem a Damiana para entender esse drama.

Por mais que tentasse imaginar Don'Ana e seus filhos sendo olhados com os olhos que tanto temia na cidade dos brancos — os olhos do ódio, do medo e do desprezo, ou os olhos que não a viam — não conseguia compreender a razão daquela morte.

Dessa vez, portanto, como vinha acontecendo com freqüência, Damiana volta de Vila Boa mais confusa do que fora. Algo se agita dentro dela, uma pequena corredeira de águas negras, trazendo angústia e aflições.

Sentiu o sangue se juntar e formar a dorzinha fina em sua cabeça, pronta para se irradiar.

Caminha pelo trajeto entre Vila Boa e Mossâmedes do qual conhece cada trecho, em tempo de chuva ou de seca. Um trajeto do qual sabe todos os atalhos e descaminhos. Hoje, quer fazer a trilha de que mais gosta e que não é a mais curta. Precisa de tempo para ir pensando em tudo que tem para pensar antes de chegar e contar a notícia a seu povo.

A Serra Dourada está sempre a seu lado. Atravessa a ponte de madeira do ribeirão Bagagem. Logo passa pelo córrego Agapité, de onde a trilha pedregosa e íngreme conduz aos contrafortes da serra. Passa pelo córrego Almosão, que nasce ali no sopé e vai desaguar no rio Vermelho.

Damiana gosta de transpor a serra por uma passagem que poucos conhecem.

Por ali sobe e, por fim, chega ao alto, com seus rochedos isolados de vários metros de altura. As grandes pedras amontoadas umas sobre as outras formam figuras que lhe são familiares. No meio delas crescem árvores que abrem os galhos para o alto como espíritos em expiação. Nas pontas, tufos de folhas de um verde claro. São como torres de pedra, uma aqui, outra ali, criando a paisagem que é a mesma que ela vê muitas vezes em suas visões quando sonha.

Para o lado sul, estende-se o panorama dos vastos campos verdes do sopé da montanha. Mais além, entre o verde viçoso e as árvores baixas, descortina-se a aldeia de São José de Mossâmedes.

Ela desce, passando pelo arroxeado das canelas-de-ema e o verde opaco das árvores mirradas. Logo, atravessa uma região de matas. É onde pára, de repente, ao ver uma cena inesperada.

Um soldado que ela não conhece — com certeza do grupo cuja chegada estava prevista para ocorrer nos dias que ela passara em Vila Boa — está se debatendo com fúria no meio de uma nuvem de abelhas negras. Essas abelhas costumam atacar os desavisados que não sabem andar na mata. São minúsculas e se emaranham qual redemoinho nos cabelos e no corpo do atacado, pousando em seu rosto e entrando furibundas por todos seus orifícios: olhos, ouvidos, nariz, boca. Atacam em nuvens pretas amarronzadas, carregadas de um cheiro forte de âmbar.

De longe, Damiana ri. Não há nada que possa fazer para ajudar o infeliz.

Na verdade, essas abelhas não picam muito; o que mais fazem é assustar e incomodar. Por sorte, logo abaixo tem um riacho, onde o soldado se precipita, mergulhando de roupa e tudo.

Quando a nuvem negra a sua volta por fim se afasta, o soldado deixa passar um tempo antes de sair da água. Começa a tirar suas roupas. Sua pele quase tão branca como a tinta da tabatinga reluz ao sol. As gotinhas de água deslizam por suas costas como minúsculos riachuelos dourados.

Escondida atrás de uma moita espessa, Damiana espia com seus olhos úmidos de laguna negra. Ela é panará, é caçadora. Gosta de se esconder e espiar o branco de longe, quando ele não vê. É quando se sente mais forte do que ele, quando sabe que se quiser pode matá-lo, como se mata um bicho qualquer.

Mas esse bicho ela não quer matar.

O sangue que até então estava se juntando naquele ponto fino de sua cabeça, começa a fluir outra vez, como um rio sem barreira, por todo o seu corpo.

O homem é forte e não deu um pio no tempo todo que durou seu entrevero com as abelhas. Não pareceu se dar conta da dor, e isso provoca a admiração de Damiana.

Ela acha o homem bonito.

Sente por perto o espírito de seu Luiz, morto há tantos anos. Sente muito a falta dele. Desde a sua morte, ela teve seus homens panará, mas o que queria outra vez era sentir o cheiro almiscarado da pele branca e a força do homem branco.

Podia ser aquele.

Aproxima-se, o sorrisinho fácil no rosto e os olhos encharcados.

Manuel Pereira da Cruz era, de fato, um soldado recém-chegado a Mossâmedes. Já sabia, como todo mundo de Vila Boa, quem era Damiana. Já a vira muitas vezes de longe. Aceita, astucioso e contente, o sorriso dela.

Ela o puxa para uma clareira no mato.

Os dois rolam no chão e riem. Ficam por ali, brincando, fazendo o que queriam fazer, Damiana contente por sentir o peso e o cheiro do corpo de um homem branco sobre ela outra vez. E o soldado Manuel também está bem contente com tudo aquilo; e contente sobretudo consigo mesmo, admirado por ter sido tão fácil trepar com ela, a índia famosa. A chefe. Mulher importante, que é recebida até pelo governador.

Quem sabe sua vida sem eira nem beira agora começaria a mudar?

A terceira expedição

No aldeamento, a roda viciosa de uma vida perversa e ruim parece em movimento perpétuo.

É roda movida a tensões.

Primeiro, a chegada de novos índios e o batismo. Segundo, a fuga. Terceiro, a tentativa de Damiana para convencer os fugitivos a voltarem. Quarto: os fugitivos não voltam, mas ela consegue trazer outros, novos índios. Quinto: que por sua vez são batizados e aldeados, completando o giro da roda.

Agora, por exemplo, os soldados estão todos armados, com caras de poucos amigos, vigiando tudo. Depois da morte de Dona Onciliana, estão todos com pressentimentos ameaçadores.

A megera amanheceu morta depois de comer as frutas do mato que uma velha cayapó trouxe para ela. Embora todas as outras mulheres que trabalhavam no tear e estavam por ali tenham comido juntas as frutas — e isso vários soldados viram —, eles estavam certos de que Dona Onciliana tinha sido envenenada.

Damiana não sabe direito como isso aconteceu, mas desconfia.

Dona Onciliana era detestada pelos índios, sobretudo pelas mulheres forçadas a trabalhar com ela. Magra e miúda, pensava compensar o tamanho com rigidez e fria crueldade. Como mãe do comandante, tinha uma posição privilegiada e era mestra em abusos. Explorava as índias, exigia os melhores produtos das colheitas, castigava as mulheres.

Durante todos aqueles anos, quase todo dia, Damiana escutava reclamações contra ela e, alguns dias antes, acontecera uma tragédia pela qual muitos cayapós consideravam Dona Onciliana responsável.

Taiamanduçu, uma jovem que esperava seu primeiro filho, depois de passar várias horas trabalhando no tear, recusou-se a continuar, dizendo que estava muito cansada. Mas a velha não a deixou voltar para sua choça e ainda a castigou por indolência, batendo com um galho de aroeira na copa redonda de sua barriga avantajada.

Depois disso, Taiamanduçu passou mal vários dias, e acabou morrendo ao dar à luz prematuramente um bebê morto.

A aldeia se pôs em pé de guerra e Damiana teve um grande trabalho para convencê-los a não se vingar de Dona Onciliana. Vai ser uma carnificina, dizia. Se matarem a mãe do comandante, ele não deixará nenhuma de nossas choças em pé. Seremos todos mortos, todos. Num momento desses é preciso muita calma. Não podemos deixar o sangue da ira acumular em nossa cabeça e nos levar a cometer desatinos dos quais nos arrependeremos amargamente depois.

Vamos pensar em outra maneira de vingança.

Os dias passaram. A vida retomou o ritmo normal. Ela achou que a aldeia estava pensando em alguma outra maneira de se vingar, segundo a tradição. A família da jovem índia morta parecia estar planejando uma caçada.

E então aconteceu: a velha megera amanheceu morta.

O comandante esbravejou como um condenado. Ameaçou, espumou. Deu tiros para o ar. Mas não tinha como provar nada. Todos viram quando a velha índia chegou com o cesto de frutas na casa da tecelagem, que ofereceu para Dona Onciliana, e todas as mulheres também comeram. E era verdade que algumas das índias que comeram amanheceram doentes, com o intestino solto.

— Mas nenhuma morreu, só minha mãe, como diabos vocês explicam isso, seus selvagens imprestáveis?

O governador foi chamado às pressas para resolver a tensão.

Era novo, não entendia bem a situação, estava cheio de problemas.

Chegou com sua escolta de Dragões, cenho fechado, rosto parecendo um rochedo cheio de filetes de água de suor. Não conseguia se acostumar com o calor daquela terra excomungada. Não conseguia suportar a poeira fina e vermelha. Não conseguia suportar as nuvens de mosquito.

Estava irritadíssimo.

Chamou o comandante e Damiana, juntos, à sua presença. As índias acusadas, a velha que levou o cesto e todas as outras da casa de tear, inclusive as que ainda estavam com diarréia, fizeram um círculo. Os soldados armados atrás.

O comandante, furioso, acusou os índios de envenenarem sua piedosa mãe.

Recontou em detalhes ao governador o que havia acontecido, desde o episódio da morte de Taiamanduçu, uma tragédia que acontecera e que acontecia muito ali, as índias viviam morrendo de parto e de tudo o mais, os índios morriam muito, e ninguém era culpado, muito menos sua piedosa mãe, se aquela tinha sido a vontade de Deus.

Depois foi a vez de Damiana dar sua versão sobre o que acontecera.

E Damiana explicou ao governador, também com muitos detalhes, como seria impossível para as índias saber qual fruta do cesto Dona Onciliana pegaria para comer, e como muitas delas também tinham sofrido e ficado doente com diarréia.

— Mas as frutas que estavam no cesto eram venenosas, Dona Damiana?

— Não, Senhor Governador.

— A senhora conhece a fruta?

— É a cagaita, Senhor Governador. Conheço.

— Então, como foi que as índias ficaram doentes e Dona Onciliana morreu?

— Deve ser porque Deus quis assim, como o comandante disse que ele quis a morte de Taiamanduçu.

— E por que será que Deus quis que só Dona Onciliana morresse e as índias não?

— Deve ser porque dessa doença índio morre menos. Índio tem mais costume de comer essa fruta, Senhor Governador. Deve ser como doença de branco que mata os índios e não mata os brancos. Deve ser a mesma coisa, do jeito contrário. Doença de índio que mata branco e não mata índio. E ninguém tem culpa porque doença não é ninguém que dá, mas Deus é quem manda, como disse o comandante.

O governador foi obrigado a aceitar a argumentação. E não podendo culpar ninguém — e irritado como já estava — quando o comandante ameaçou se rebelar contra sua decisão, imediatamente mandou prendê-lo por insubordinação.

Depois de passar um bom tempo na cadeia, o ex-comandante foi imediatamente transferido para o posto mais distante possível, em outra sábia decisão do irritadiço governador.

Como o problema do aldeamento não se limitava ao ex-comandante, e embora o novo fosse talvez um pouco melhor, as hostilidades continuaram.

As notícias que chegavam dos sertões falavam de mais combates entre índios e brancos. Dessa vez, a segurança do caminho de Cuiabá estava sendo prejudicada não só pelos cayapós, mas por outros grupos também, inclusive escravos negros fugidos, que emboscavam os brancos, soldados e povoadores.

Em retaliação, as forças do governo indiscriminadamente atacavam as aldeias que encontravam e matavam seus habitantes.

Damiana fica sabendo que novos ataques estão sendo programados.

E mais uma vez, de Vila Boa lhe pedem que tente apaziguar seu povo, com uma nova expedição, a terceira.

Damiana não vê saída a não ser concordar. Tem muita aldeia sendo atacada. Ela tem, mais uma vez, de tentar.

E para que tudo fique ainda mais oficial e importante, o governador lhe outorga a patente de capitã-mor e autorização para chefiar uma expedição sertanista de contato e pacificação. Queria que ela fosse com alguns soldados. Mas isso ela recusa peremptoriamente. Com ela, vão somente José-Tikriti e Luzia-Sampuyaka.

Sua jornada foi, no fundamental, exatamente como as outras.

O sertão é sempre o mesmo, o cerrado muda de maneira tão lenta que não é perceptível nem para os olhos conhecedores de um panará, as trilhas são mais ou menos parecidas, e as aldeias para onde ela vai têm, todas, a mesma forma circular.

A diferença é que as aldeias estão ficando menores. Por todos os lados, seu povo está minguando. Eles não são como os brancos que, ao invés de diminuir, aumentam. Eles diminuem. Com rapidez alarmante.

A outra diferença é que Damiana está ficando cansada.

Dessa vez, é tempo de seca, mas ela nota folhas mordiscadas por burros, onde antes não passava burro. Repara nas moitas de capim pisoteadas por botas do homem branco, onde antes não passava branco.

Vê muitos bichos que também estão morrendo, e por léguas há leitos de rios sem uma gota de água, só areia ou lama suja; a água se torna rara. Nos meses que durou a viagem, não caiu nem uma gota de chuva.

Mas tem dois momentos da jornada que continuam lhe dando a força de que necessita.

Um são as visitas aos santuários do caminho, onde ela repousa e sai revigorada. Onde sente a presença dos antepassados e refaz sua força.

Outro é a hora em que o sol nasce e a hora em que ele se põe. Quando esses momentos do dia a encontram em algum lugar de planura aberta e não na mata, ela se deixa mergulhar na perfeita beleza que a envolve e fica ali, quieta, contemplativa, orgulhosa: é a sua terra e o seu sol.

Quem mora no meio da vastidão que é o planalto central talvez esteja acostumado e já não se deixe surpreender pela exuberância do nascer e do pôr-do-sol no cerrado. Mais ainda, poderíamos supor, os índios, donos daquilo tudo por tanto tempo. Deveriam estar tão acostumados que talvez já nem reparassem na beleza toda daquele céu aberto em chamas.

Estaríamos enganados se pensássemos assim.

Os panará sabem apreciar esse esplendor como ninguém.

Essa majestade da natureza, inclusive, talvez tenha algo a ver com a razão pela qual eles admiram o sol mais do que a lua. Uma admiração que certamente não vem apenas do seu calor capaz de esquentar a terra e a água dos rios, ou de tudo esturricar quando está zangado.

Deve vir também dessa capacidade que o sol tem de criar algo tão majestoso.

Os panará amam a beleza. Têm uma palavra para isso, *mereremex*, que significa estender e espalhar a verdadeira beleza, como o sol faz.

Quando chega à aldeia panará, Damiana está magra e exausta.

Sua eloqüência, porém, é a mesma, e mais uma vez ela consegue convencê-los a ir para o aldeamento.

E quando ela chega a Mossâmedes, outra vez com grande quantidade de parentes, tudo acontece também à maneira de sempre. Mais uma vez todos são recebidos com festas pelo governador e as autoridades de Vila Boa, agora alçada à capital da província, com o nome de Cidade de Goiás, mas sendo ainda tratada pelo nome antigo.

Fogos são disparados, abraços são dados pelas autoridades. Os cayapós sorriem e se animam. Mas Damiana já não consegue se alegrar. Nem se anima.

Ao ver a repetição de todos os agrados iniciais — a cada nova vez, no entanto, em um tom menor —, ela se pergunta: até quando?

E agora seus olhos parecem ver, sim, uma diferença na cidade.

Todos parecem mais agitados. Há notícias de grandes mudanças. Os conflitos da Independência espocam daqui e dali. As autoridades se dividem.

Damiana escuta. Os brancos estão trocando de chefe.

O movimento da roda

Quando Damiana anuncia que vai se casar outra vez, as velhas índias riem e troçam:

— É com homem branco, não é? Você só casa com homem branco.

— É porque quero outro Luiz — ela responde, também rindo.

Seu povo ri como gosta de rir, é verdade, mas dessa vez ninguém aprecia sua escolha.

Seu irmão, por exemplo, que gostava tanto de Luiz, não gosta do soldado novo, com fama de prepotente. Diz:

— Se você quiser, você casa, irmã. Mas não me peça para tratá-lo como irmão.

— Não pedirei.

O padre também a chamou para uma conversa antes da missa. Esse atual encarregado de Mossâmedes era tão ausente quanto os outros, mas gostava de pensar que os índios reconheciam nele um verdadeiro representante da Igreja. Deixou-se contagiar pela fama de Damiana e a considerava a prova da bondade dos desígnios de Deus. Achava que devia lhe dar bons conselhos.

Quando ela lhe contara, dias antes, que ia se casar com Manuel da Cruz, ele não disse nem que sim nem que não, pois não conhecia o soldado, e foi se informar a respeito. Agora, tinha o que lhe dizer:

— Não ouvi boas coisas desse pedestre, minha filha. Gosta muito de aguardente e de briga. É fanfarrão. Ganancioso. Você sabe o que quer dizer ganancioso, filha?

— Sei, padre.

— É bom casar com um homem branco, mas esse não parece ser o homem branco bom para você, filha.

— Sei, padre.

— E quer casar assim mesmo?

— Quero, padre.

— Por que, filha?

— Sinto falta do Luiz.

— Mas esse não é o Luiz.

— Eu sei, padre.

O padre balançou a cabeça e tentou conversar mais sobre o assunto. Damiana, no entanto, quando decidia uma coisa estava decidido: não abriu mão da idéia de casar de novo. Como o noivo já estava morando na casa dela, seguindo o costume dos índios — e também porque ali ele se achava mais importante do que no quartel dos pedestres —, o padre não queria que justo ela desse mau exemplo, e fez a cerimônia.

Manuel Pereira da Cruz passou a usufruir as regalias de ser marido de Dona Damiana.

Mas ninguém acreditava muito naquele casamento.

Talvez nem ela mesma, na verdade. Estava bem ciente de que a não ser pela cor da pele e o desgarramento de branco pobre e solto na vida, sem família, Manuel da Cruz não era em nada parecido com Luiz. Mas outro motivo também contara para sua decisão de se casar outra vez com um homem branco: achava que isso talvez a ajudasse na compreensão das coisas.

É bem verdade que percebia as manhas do novo marido. Sabia que ele gostava de ser marido da pessoa de prestígio que ela era. Queria tomar para ele um pouco de sua importância, sem compreender que isso não era possível. Os índios jamais escutariam nada vindo da boca dele. Era um pouco fraco de entendimento, esse seu novo marido.

Mas não era grosseiro, e isso era o mais importante. Marido que batesse, ela não aceitaria. Manuel da Cruz não batia, nem gritava. Queria só desfrutar os privilégios da vida com a pessoa mais respeitada do aldeamento.

Que mal havia nisso?

Ela faz o que toda índia casada faz: prepara e serve a comida do marido, tira seus bichos-de-pé e carrapatos. Cata seus piolhos. Coça suas costas. Essas coisas. Agora, nem pegar filho ela pode mais. Seu primeiro e único filho com Luiz nasceu fraquinho e não vingou. Depois, nunca mais engravidou e agora seu tempo tinha passado.

Quando se casou com Manuel da Cruz, Damiana tinha por volta de 46 anos. Se foi bonita algum dia, como é fácil ser na juventude, é provável que já não fosse. Seu corpo tinha algumas marcas da varíola que quase a matou — não muitas, mas tinha. Como estava quase sempre pintada, nada aparecia. Mas seus seios, como os de quem não sabe o bem que faz um bom apoio, por volta dos quarenta certamente estavam flácidos e caídos. Os glúteos, talvez não, pela influência benigna das longas e contínuas caminhadas da vida de panará. Como toda índia, gostava de enfeites e vivia cheia de colares — tanto os tradicionais, feitos com penas, sementes, garras, ossinhos e dentes, como os feitos com as miçangas e pedrinhas dos brancos.

E continuava dançando muito bem.

*

Na Cidade de Goiás, o novo vigário sobe no púlpito e faz um sermão contra a ociosidade. É um padre que acabou de chegar e tem o ânimo de quem aceita um desafio e quer dar conta do recado. O país todo está mudando, e os brasileiros agora têm um futuro. Tudo vai ser diferente. Ele está cheio das melhores intenções.

Como todo recém-chegado, a primeira coisa que vê é o que todos consideram como ociosidade e indolência dos goianos.

Pessoas entusiasmadas e de boa vontade, como o novo padre, saídas do burburinho mercantilista das metrópoles, viam-se perdidas na realidade daquele ermo sem capital e sem homens. Como fazer alguma coisa ali? Como se pôr a cultivar em ritmo acelerado a terra? Com que dinheiro? Como fazer alguma coisa se não há homens nem sequer dinheiro de troca suficiente na província?

Os recém-chegados tomavam por desânimo e indolência o que talvez fosse tão-só a maneira possível de se viver em um lugar assim; um lugar aonde a voragem do capitalismo ainda não chegara; a voragem que revira tudo e coloca todo braço disponível para aumentar seu lucro. Um lugar onde prevalecia o ritmo da paciência e da resignação de quem sabe que sua vontade não mudará nada; muito menos sua própria vida. Nenhum sermão, nenhum voluntarismo, nenhum epíteto de ociosidade jogado ao léu teriam qualquer resultado porque simplesmente não poderiam ter na região deixada à míngua pela avidez do quinto. Seria preciso tempo para corrigir a imprevidência, o egoísmo e os erros da administração colonial.

Ademais, era uma sociedade escravista. O ócio era o sonho que estava na bagagem dos que chegavam com seus escravos à procura de riquezas. Trabalho não dava prestígio nem ali nem nas demais capitais das províncias.

Mas o que talvez deixasse os recém-chegados realmente espantados era a democratização do ócio: em Vila Boa, por algum motivo, ele não estava restrito às classes ricas. Parecia se espalhar, lerdo mas popular, pelas ruas pachorrentas da cidade.

O jovem padre está tão decidido a mudar aquele estado de coisas que usa o púlpito para dar conselhos sobre o cultivo da terra e técnicas modernas de plantação.

Fala também contra o ódio aos índios.

Fala que é preciso acabar com os boatos de ataques dos cayapós, porque isso atemoriza o povo e exacerba o ódio. Diz que o Senhor ama a todos os seus filhos e que o índio também é filho de Deus, um irmão.

A igreja vai aos poucos se esvaziando de homens.

No final, só restam as mulheres. Entre elas, Damiana, sentada no último banco.

Na praça, logo depois da missa, um grupo de homens bebe aguardente e conversa. Vêem Damiana passando a caminho do palácio para falar com o governador.

— Olha lá, a índia que eles chamam de dona. Que nem se fosse branca ou de respeito. Como se bugre pudesse ser de respeito.

Outro, que é comerciante, conta que teve de levar um carregamento de sal para São José de Mossâmedes e ela estava lá, dando ordens, achando que era a dona do aldeamento.

— Ela manda em tudo por lá, manda mais que os cabos e o comandante, e o governador deixa, acha bonito — continua. — Mas é que nem eu digo: melhor acabar com tudo, "desinfestar" de vez essa indiaiada. Enquanto isso não acontecer, não tem jeito dessa região prestar.

— Deixa pra lá, Belisário — intervém outro morador, funcionário da Ouvidoria. — Dizem que essa é filha de Deus e piedosa. É ela quem manda os índios todos irem se batizar. Que manda encher a igreja quando o padre vai lá.

— Que nada! Isso são histórias que o padre inventa pra se fazer de importante. Onde já se viu bugre convertido, homem? Se nem alma eles têm.

Damiana, naquele momento, estava entrando no palácio para levar outra queixa ao governador.

No dia anterior, uma tropa de colonos chegara à praça de São José de Mossâmedes. Entraram numa nuvem de poeira, montados em cavalos enfezadíssimos que, tendo de se conter na praça, empinavam, bufavam e giravam indóceis.

Os homens montados pareciam ainda mais enfezados do que seus cavalos.

Quem chefiava a tropa agitada de jagunços era Dom Hipólito, um dos fazendeiros ricos da região. Chegara ali atrás de ouro, depois comprara terras, e agora tinha gado e negócios, além da fama de truculento e matador de índios. Entrara com espalhafato na praça de Mossâmedes atrás de um grupo cayapó que, segundo ele, matara várias reses de seu rebanho. Desconfiava que o grupo estava refugiado ali. Queria sangue.

O comandante do aldeamento e seus pedestres tinham ordens expressas de não deixar que ninguém entrasse com intenções de molestar os índios. Pela letra da lei, ninguém, a não ser eles — e supostamente apenas por causa justa —, podia levantar sequer o dedo mindinho para os índios aldeados. O comandante podia castigar, prender e mandar para a cadeia de Vila Boa, se fosse necessário. Mas gente de fora não. O aldeamento, afinal, existia para isso: para proteger os índios que tinham escolhido viver perto dos brancos.

Aconteceu, assim, um inesperado entrevero na praça entre o comandante e seus soldados e Dom Hipólito e seus capangas. Fato digno de nota, difícil de acreditar, mas a verdade é que aconteceu. Pelas ordens do aldeamento, o comandante não podia deixar Dom Hipólito entrar, e não deixou. Alinhou seus pedestres todos na frente dos cavalos enfurecidos e enfrentou o velho.

Se fosse hoje, diríamos que o comandante teve um surto de coragem — inexplicável como em geral são os surtos. Talvez porque tivesse mais medo do governador do que de Dom Hipólito. Talvez por se sentir importante.

Ou talvez por outro motivo: uma coisa chamada brio.

Por que não? É raro, mas às vezes o brio pode aflorar assim em pessoas que se poderia pensar imunes. A bem dizer, é raríssimo, mas uma das coisas mais interessantes da humanidade é essa capacidade de, quando menos se espera, fazer alguma coisa digna. E quando isso acontece, essa raridade, a pessoa de repente se torna bem maior do que é.

Pode ter acontecido ali quando o comandante, calmo, sustentou firme o corpo nas duas pernas abertas e disse apenas, Aqui o senhor não entra, Dom Hipólito. Mesmo estando coberto de razão quanto a querer vingar seus bois, aqui não vai haver carnificina. O senhor tem de ir dar queixa do ataque em Vila Boa e que de lá venham os soldados prender os índios culpados. Mas ordens são ordens. Nem o senhor nem seus homens vão botar os pés nesse aldeamento.

Pego de surpresa pela ousadia, e amaldiçoando o comandante e a horda de pedestres imprestáveis a soldo do governador, Dom Hipólito apertou as rédeas com rabichos de prata e fincou tão forte o par de esporas de prata em sua égua malhada que se antes ela não era, agora sem dúvida se tornara, a mais enfezada daqueles animais.

A égua bufou, empinou e saiu em disparada, com Dom Hipólito também bufando em cima, Isso não vai ficar assim. Imediatamente, os outros homens da tropa desembestaram atrás, no mesmo turbilhão de pó vermelho corcoveando para o alto.

Não foram longe. Postaram-se logo adiante, nas afora do aldeamento, cercando-o e deixando bem claro que se não podiam entrar, muito bem. Mas do aldeamento índio nenhum ia sair. Pelo menos não pela estrada principal, nem pelos outros caminhos que ele e seus capangas conheciam.

Na madrugadinha seguinte, duas sombras vieram caminhando rápido pela estrada estreita. Um homem e uma mulher. Ele calçado, ela descalça. Ele branco, ela índia. Damiana e seu marido soldado, Manuel da Cruz.

Dom Hipólito — que não era de passar a noite ao relento, ainda não voltara da fazenda, e seus capangas carrancudos por um momento ficaram sem saber como proceder quando as sombras se aproximaram e passaram por eles, como se não estivessem ali. Deixaram: afinal, era um pedestre e sua mulher. Não dava para impedi-los.

Era domingo e, ao chegarem a Vila Boa, o governador estava na missa.

Damiana entrou na igreja e ficou no fundo, sentada no último banco, coisa que raramente fazia. Dali não dava para apreciar direito o que gostava de apreciar na missa: as cores das imagens, as roupas do padre, a taça dourada, a fumaça do incenso, as campainhas. Mas naquele dia ela não estava com a tranqüilidade necessária para apreciar nada, e mal escutou o sermão agrícola do novo padre.

Quando a missa terminou, ainda teve de esperar o governador cumprimentar várias pessoas no curto caminho até o palácio. Ele parecia bem-humorado e conversava sem pressa.

Acocorada a um canto da praça, Damiana viu um soldado de Mossâmedes chegar esbaforido a cavalo, desmontar e pedir a licença do governador para lhe falar. Licença que o governador deu e se afastou com o soldado para um canto, para escutar o que ele tinha a lhe dizer. Depois, entrou no palácio.

Damiana, que esperava paciente, foi atrás. Esse governador era novo, ela não o conhecia direito. Era Dom Caetano da Gama, que só estivera uma vez no aldeamento.

Quando, por fim, foi recebida por ele, ela nem chegou a abrir a boca:

— Dona Damiana, já sei por que a senhora está aqui. Fiquei sabendo do acontecido na manhã de ontem. Mas não se preocupe. Acaba de chegar um mensageiro enviado pelo comandante do aldeamento, avisando que Dom Hipólito e sua tropa partiram. Eles receberam o aviso de que os índios que mataram as reses não estavam no aldeamento, e sim enfurnados no sertão, mais para o norte. Dizem que ele foi atrás. Sendo assim, o que posso fazer pela senhora?

— Eles partiram, Senhor Governador?

— Sim, Dona Damiana.

— Vão atrás das aldeias cayapós no norte?

— Suponho que sim, Dona Damiana.

— O senhor não pode fazê-los parar?

— Como fazer isso, Dona Damiana? Tenho pouca tropa. Não tenho como enviar soldados para proteger os cayapós sabe Deus onde! Só posso protegê-los dentro do aldeamento. A senhora sabe muito bem disso, Dona Damiana.

— Sei, Senhor Governador.

Não havia o que ela pudesse fazer. Já sabia o resultado daquela tropa enraivecida em perseguição a grupos de cayapós no sertão. Carnificina. Corpos vermelhos deixados em sangue em algum lugar do cerrado.

Com sorte, outros chegariam antes dos abutres, para enterrar seus parentes.

A quarta expedição

Parece a roda do destino, a moenda de uma maldição.

Moendo as intenções de paz no aldeamento, moendo esperança, alegrias, tudo. Tudo. Com seu ritmo monótono e som irritante, nheeco, nheeco, nheeco. Girando permanentemente, movida pelos boatos e os ódios.

É uma contaminação, um veneno que não tem remédio.

Já era um dos componentes integrantes da própria idéia do aldeamento e de seu inevitável fracasso.

Mossâmedes agora, depois das doenças que continuam matando e das fugas freqüentes, está com uma população de pouco mais de cem pessoas, quase todos descendentes dos primeiros índios aldeados.

A aldeia está morrendo.

O único remédio é trazer mais gente para substituir os que morrem e os que fogem.

Nessa manhã, um jovem índio atacou um cabo que o chicoteou por um motivo à toa, um mal-entendido. Foi imediatamente colocado no terrível "colar", famoso pelo uso entre os escravos negros e um dos castigos mais temidos pelos índios. Passaram uma argola de ferro em seu pescoço e a prenderam a um poste no centro da praça.

As mulheres vieram correndo, gritando indignadas. Agudas, estridentes, lamuriosas. Cercaram o rapaz, mas foram escorraçadas pelos guardas armados.

Alertada pelos gritos, vem Damiana.

O jovem e orgulhoso guerreiro panará, um dos poucos que ainda permaneciam no acampamento, está de cócoras no chão, os olhos em fogo. Seu corpo está humilhado, mas não os olhos.

Damiana sabe o que vai acontecer, e nada do que disser poderá impedir: ao sair desse castigo aviltante, ele jamais será visto no aldeamento outra vez.

Voltará para sua aldeia que hoje já não está no lugar onde estava quando ele nasceu, nem perto dos mesmos rios nem das mesmas matas. Estará em outro lugar, bem mais distante, que ele mal sabe onde é. Mas é para lá que irá, para se juntar aos seus e vingar todos os castigos injustos sofridos, e vingar a perda da sua aldeia, do seu rio e de sua mata. É Kyuti, o nome dele.

Da próxima vez, se Damiana alguma vez voltar a vê-lo, não será ali.

Ela vai até a casa do comandante de São José exigir que libertem o jovem, mas dois guardas armados não a deixam entrar na casa, e o comandante tampouco sai para atendê-la. Damiana dirige-se, então, para a Cidade de Goiás, outra vez levando uma queixa ao governador.

Mas agora, e pela primeira vez, não é recebida por nenhuma autoridade. Encontra o palácio provisoriamente sem ocupante: o antigo governador já havia partido, e o novo ainda não havia chegado.

A cidade estava envolvida em questões que ela não compreende bem. Isso vinha acontecendo desde que o país tinha mudado de chefe e se libertado de Portugal. Outro grande chefe passara a mandar, que eles chamavam de Imperador.

Foi quando chegou um novo governador, Dom Caetano. Mas a agitação na cidade continuou, um alvoroço, uma intranqüilidade que ela não sabia de onde vinha. Não sabia se era bom, se era ruim. E ele ficou pouco tempo.

Agora esperavam outro novo governador chegar.

Damiana não entende essa troca de governadores. Por que os brancos não ficam com só um grande cacique, como eles, um que conheça bem a terra e seus costumes? Que conheça bem a região. Que conheça bem seu povo, como se conhece uma família. Como é que o novo chefe pode governar bem se nem conhece o que governa?

A cidade continua crescendo. Os brancos não param de chegar.

Mas até hoje, tantos anos depois, ela ainda não conseguira descobrir a fonte de onde eles brotam, como queria saber Romexi. Enquanto seu povo, que não tinha essa fonte nem colméia de onde brotar, só fazia diminuir, diminuir.

Damiana não está dando conta da tarefa que Romexi e Angraíocha lhe deixaram. Parece muito maior do que suas forças.

Nada parece dar certo, e a terra da alegria e da fartura está cada vez mais longe.

— Essa terra existe mesmo, Romexi? — ela agora vive repetindo essa pergunta. — Não me deixe parar de acreditar.

Quando chega o novo governador, Miguel Lino de Moraes, e toma posse, São José de Mossâmedes, apesar de todos os conflitos e desorganização, era um dos poucos aldeamentos que sobreviviam.

Dom Miguel chega com a orientação de incrementar as áreas de agricultura e criação de gado. O que significa, literalmente, abrir novas frentes de expansão. Ou seja: penetrar mais fundo no território cayapó.

Chega com a confiança de quem pode e quer resolver um velho problema que não entende por que ainda não foi resolvido. Aquela terra era boa, era enorme. Ainda seria uma bela região de gado e agricultura e comércio. Era preciso fazer aqueles poderosos rios navegáveis. Era preciso criar condições para que o trabalho rendesse. Acabar de uma vez por todas com os ataques indígenas, subjugá-los. Mostrar quem manda. Fazê-los sentir a autoridade do mais forte.

É tudo tão simples. A incompetência dos seus antecessores o estarrece.

Vai conhecer o aldeamento de Mossâmedes, com seus Dragões. Sob o sol que torra sua pele ainda não acostumada ao clima da região, faz a inspeção. Apeia na praça com estardalhaço e é apresentado à Dona Damiana.

Imediatamente reconhece a veracidade do que lhe disseram: é uma líder, essa mulher índia, e sua aliada mais promissora ali. Trata-a como interlocutora e representante dos caciques do aldeamento.

Vão conversar na sala da casa que supostamente estaria reservada para o governador em suas visitas, mas que há muito fora ocupada por famílias de pedestres. O governador finge vista grossa, mas percebe perfeitamente a óbvia desorganização do lugar. Faz sua anotação mental: tem muito o que consertar ali, mas será aos poucos.

Primeiro, o principal.

— Como será possível, Dona Damiana, fazer seu povo compreender de uma vez por todas que somos aliados e não inimigos?

— Tem muita coisa a fazer para que isso seja compreendido, Senhor Governador.

— Diga, Dona Damiana.

— Suspender os castigos, Senhor Governador.

— Estão suspensos. — Ele vira-se para o recém-empossado comandante do aldeamento. — Entendido, comandante?

— Entendido, Senhor Governador.

— Não deixar que o povo do aldeamento passe fome.

— Mas para isso é preciso que seu povo trabalhe, Dona Damiana. O imperador não tem como sustentar quem não trabalha.

— Meu povo também não tem forças para sustentar o comandante e sua guarda e seus parentes e seus amigos que tiram de nós quase tudo que colhemos, Senhor Governador.

— Isso não vai acontecer mais. Entendido, comandante?

— Entendido, Senhor Governador — responde o comandante, já que não pode responder outra coisa.

— Agora, Dona Damiana, a senhora também tem de nos prometer fazer sua parte.

— Sim, Senhor Governador.

— Tem de dar um paradeiro nos ataques ao gado e às fazendas dos colonos.

— Não somos nós, Senhor Governador.

— Se não são vocês, são seus parentes.

— Meus parentes atacam quando são ameaçados, Senhor Governador. Quando querem tirar o que é deles.

— Convença-os a vir para cá, Dona Damiana. Isso aqui, com mais braços para a lavoura, vai render mais. Se plantar mais, colhe mais, e ninguém vai passar fome. E ninguém ataca mais ninguém. Seu povo e o meu devem viver em paz. A única maneira de seu povo viver tranqüilo é fazendo uma paz duradoura conosco.

— Isso já foi dito antes mas não aconteceu, Senhor Governador.

— Mas agora vai acontecer. Darei à senhora tudo o que precisa para ir atrás dos recalcitrantes e convencê-los a voltar para trabalhar e viver em sossego, Dona Damiana. Esta terra é rica, a senhora sabe disso. Podemos fazê-la ainda mais rica para o benefício de brancos e índios.

— Meu povo está preso no aldeamento, Senhor Governador?

— Como assim, Dona Damiana? Preso? De maneira nenhuma. Todo mundo aqui é livre. Vocês são tão livres como qualquer um de nós.

— Sim, Senhor Governador. Mas meu povo não pode sair livremente pelo sertão quando quer.

— Bom, Dona Damiana, aí já é um caso de prevenção. É diferente. É só para prevenir e não deixar ataques acontecerem. Não tem nada a ver com a liberdade de vocês. Que idéia! Vocês são brasileiros livres, Dona Damiana. Livres!

— Sim, Senhor Governador.

Nessas horas, Damiana sempre pensa nas palavras de Romexi: não se discute com brancos. Não se discute com o inimigo. O inimigo já tem sua idéia pronta e não vai mudar seu pensamento por mais belas e verdadeiras que sejam as palavras que alguém seja capaz de lhes dizer. A força do convencimento de nosssas palavras deve ser para convencer nosso povo do que é justo e certo e verdadeiro.

O inimigo já está convencido.

O inimigo é o caçador. Sua caça, o povo panará.

O governador ainda ficou por ali inspecionando, prometendo novas obras, argumentando. Pretende instalar em Mossâmedes uma fábrica de ferro com intuito de produzir instrumentos para o trabalho da lavoura, a preços mais baixos. É hora de modernizar a província.

— É preciso ordem, Dona Damiana.

— A ordem só pode ser boa quando é uma ordem justa, uma ordem feliz, Senhor Governador. A ordem que reina aqui é uma ordem triste. Meu povo não está contente.

O governador hesita um segundo, pára: o que essa índia está querendo dizer? Sacode de leve a cabeça e passa um lenço para secar o suor da testa.

— Mas vai ficar, Dona Damiana. Confie em mim.

À noite, ao pé da fogueira, Damiana conversa com o irmão, Manoel.

— Eu vou, irmão.

— Vai acreditar no novo governador, irmã?

— Se não acreditar, o que vamos fazer? Se não vier para cá, nosso povo morre. Os colonos estão destruindo as aldeias do sertão. Aqui, pelo menos, temos uma certeza: aqui não morremos. Os brancos não entram aqui para matar ninguém. O aldeamento é o nosso escudo. Nunca, nesses anos todos que passamos aqui, por pior que fosse a situação, os colonos entraram para matar alguém. Quem morreu, foi por acidente ou por doença de branco, que essa sim mata muito, mas não é a mesma coisa.

— Irmã. Eu fico pensando quando caminho aí pelos matos. Será que vale a pena viver assim? Nosso povo não gosta de viver aqui, é quase como se estivesse em cativeiro. Você vai dizer que não é cativeiro. Talvez não seja, mas é quase. É como se fosse. Ser obrigado a trabalhar desse jeito. Viver com a ameaça de ser castigado por uma gente que não é da nossa família nem da nossa casa. Fico pensando, irmã. Vale a pena? Até quando vamos aceitar? Quando vamos dizer nosso basta a tantas promessas não-cumpridas?

— Não paro um minuto de pensar nisso, irmão. Mas é melhor viver do que morrer. É preciso acreditar. Acreditar que todos juntos vamos poder chegar ao lugar de paz dos antepassados.

Na madrugada, Damiana sai, com Tikriti-José e Sampuyaka-Luzia. Dessa vez, vão até o sertão do Camapuã. Passam mais de sete meses, sete luas, e visitam várias aldeias.

Voltam com cerca de cem cayapós e dois caciques. Um deles era um sobrevivente da aldeia que foi arrasada por Dom Hipólito e seus homens. Metade da aldeia fugiu para as matas, a outra metade decidiu procurar a proteção do aldeamento.

Chegam todos magros, famintos, tristes.

São, mais uma vez, recebidos com cerimônias e batizados. Mais uma vez o governador abraça carinhosamente os dois caciques. Mais uma vez, o calor desse abraço é um tanto menor; o entusiasmo, só uma encenação.

Mais uma vez a moenda gira.

Pedregulhos amarelos

Damiana soube que Punquerê está morando com Favel no arraial de Meia Ponte. A mãe de Punquerê quer saber notícias da filha, depois de tantos anos. O arraial não é longe, Damiana sabe pra que lado fica. Chama Sampuyaka e vão juntas visitar Punquerê.

Damiana nunca tinha ido até lá. Ela estranha.

É uma cidadezinha menor do que Vila Boa, e quando elas chegam, no meio do dia, não tem ninguém nas ruas. O lugar parece morto.

As duas vão entrando, devagar, ressabiadas. À medida que passam pelas ruas, ela e Luzia sentem olhares de gente se cravando às suas costas. Se voltarem as cabeças sobre os próprios passos, verão relances de sombras se escondendo nos vãos das portas e janelas.

Mas Damiana sabe que é melhor não olhar.

Ali, ninguém a conhece. Por isso, talvez, essa reação de espreita.

Ela está com sua saia rosa-claro e colares de miçangas e dentes de animais, rosto, braço, mãos e pernas pintados de vermelho e branco. Luzia também está pintada das mesmas cores, com colares e um camisão de algodão cru, quase cinza.

Não sabem onde fica a casa de Seu Favel. E não têm a quem perguntar na vila trancada. Só sabem que é um rancho na saída do outro lado. Atravessam a cidade, no passo rapidinho de índio, rumo ao rio.

Daí a pouco, um pequeno movimento lá no fim da rua e duas figuras de mulheres vêm correndo em sua direção. Embora vestidas como brancas, uma delas, dá pra ver, é Punquerê.

Damiana, já estranhada com tudo, estranhou ainda mais as duas mulheres ofegantes, Punquerê e uma outra, com uma ninhada de crianças atrás. Não parecem jovens e sim duas velhas. Magras, sem dentes, sem cor.

No começo, Damiana tenta passar com Punquerê pelo ritual de lamentos e abraços próprio do reencontro, mas Punquerê já não sabe como é — ou não quer fazer.

Ela e a outra mulher riem, excitadas, querendo saber o que Damiana e Luzia tinham vindo fazer ali. Seu povo quer saber notícias suas, elas explicam, e as quatro se sentam no quintal da casinha do outro lado do rio. Aos poucos, as duas mulheres de Favel vão contando a vida que levam. A outra é xavante e vivem as duas naquela casa de adobe com sua ninhada de filhos. Favel trabalha para os brancos, nessas coisas de branco. Às vezes passa dias fora, às vezes passa dias em casa. Às vezes tem comida, às vezes não.

As duas, de povos tradicionalmente inimigos, dizem que se dão bem agora e que quando brigam, o marido acha graça. Quando pára de achar graça, começa a gritar com elas e levanta a mão para o chicotinho pendurado de través na soleira da porta, e as duas param imediatamente a gritaiada porque o chicotinho dói.

Punquerê no começo não chorava, porque era panará. Mas como Joana, a xavante, chorava, com o tempo ela começou a chorar também. Tinha desaprendido, esqueceu que um panará não sente dor. Agora ela sente.

Contam que trabalham muito, cuidando da criançada toda e da rocinha do fundo do quintal. E ficam doentes, sempre doentes. Contam dos outros moradores da cidade. Ninguém conversa com elas. Ninguém quer saber delas. Têm zanga, parece. Raiva. Ou deboche. Contam das saudades que sentem de tudo. E do conforto da aguardente que Favel, quando bebe, deixa que bebam também. Ou que elas sabem onde ele esconde a garrafa e vão lá e bebem. Depois, apanham dele, por causa disso — completam com um risinho.

Entre os filhos de Punquerê, Damiana vê um diferente. É pequeno mas de uma pequenez esquisita. De tamanho é o menor, mas de cara parece o mais velho. A mãe, vendo o olhar de Damiana em seu filho, explica:

— O nome dele é Anão. Foi o nome que o branco deu. Falaram que ele não vai crescer mais. Vai ficar assim.

Damiana nunca vira nada parecido. O menino não tem cabelo, nem sobrancelhas nem cílios e seus olhos são como duas pedras opacas, amareladas. Mas não das pedras bonitas, e sim como pedregulho lascado, sem brilho, duro. Tão esmaecido que parece sem cor. Olhos horríveis de se ver. Só pode ser sinal de coisa ruim.

Não parece panará. Não parece xavante. Não parece branco. É outra coisa. É terrível.

Aquelas duas mulheres e seus filhos fazem Damiana se lembrar de outros índios que vê morando na cidade dos brancos. Todos também magricelas, sem dentes, sem cor.

Em Vila Boa, tinha um velho goyá, que morava na casa dos padres, e que de vez em quando ela via jogado em algum canto bêbado, parecendo um morto vivo. Quando passava por ele, Damiana sentia o coração murchar como fruta espremida e jogada fora sem caroço. Achava que de todos os destinos, esse era o pior.

É como Punquerê e a mulher xavante estão parecendo agora: mortas vivas.

O que tinha acontecido?

O povo do aldeamento já não era tão bonito quanto antes, é verdade. Estavam magros e não comiam o tanto que precisavam comer para trabalhar o tanto que trabalhavam. Mas não estão com aquelas caras chupadas e sem cor. Ainda têm os dentes. E todos se pintam, e nas festas dançam e aí sim ficam bonitos de novo, contentes, em contato com a beleza do espírito dos antepassados.

Punquerê e a mulher xavante não. Talvez seja por isso: elas não têm mais contato com os antepassados.

Como o velho goyá de quem Damiana tinha pavor.

É como se tivessem uma doença ou um feitiço de branco. Como se algum bicho sobrenatural tivesse lhes chupado a carne e o sangue do seu recheio de gente. Seu espírito.

Um calafrio parece furar também o recheio da carne de Damiana até o osso.

Ela não sabe que o nome daquilo que está vendo é assassinato cultural. Não sabe o nome nem o motivo nem sua força. Mas sente o poder de algo que para ela é sobrenatural: que chega com tal violência que não deixa sequer o vestígio leve da poeira vermelha que sobe da terra ao receber os passos de alguém. É algo que nem levanta a poeira porque não passa: chega para se estabelecer. Ou já chega estabelecido.

Punquerê aponta para o filho e diz a Damiana:

— Anão vê o futuro.

Chega mais perto dele:

— Diz pra ela, Anão, o que o menino tá vendo.

— Urubu. Muito urubu — diz o menino apertando os olhos amarelos e com voz de homem feito. — Lá longe. Carniça. Muita carniça.

Damiana estremece. Não quer escutar nem olhar de novo para ele.

Puxa Sampuyaka para irem embora.

Atravessam outra vez a cidade deserta, com Punquerê, a xavante e a ninhada de filhos atrás. Quando chegam à entrada da picada para a mata, Damiana e Sampuyaka choram ao se despedir das duas mulheres que já não são mais nem panará nem xavante. São o que os brancos chamam de índias. Por um momento, as quatro soluçam abraçadas. Um lamento sentido, convulsivo, a dor da incompreensão por tudo o que haviam perdido, estavam perdendo e ainda haveriam de perder.

Huá! huá! huá!

Damiana sabe que, da próxima vez que vier ali, já não encontrará Punquerê.

Nem a xavante. Nem a ninhada de filhos.

*

Em Mossâmedes, o velho cacique Krekô se reúne com Teseya e Manoel e diz que vai embora. Sua mulher morreu, seus filhos estão indóceis. Sentem falta do território e da vida livre; não querem continuar no aldeamento.

Seus filhos são guerreiros e estão preocupados.

Ouviram dizer que os brancos têm um feitiço que tira o espírito dos panará. Que isso tinha acontecido com Punquerê e seu filho de nome Anão dos Olhos de Pedregulhos. Ninguém queria ter filho assim. Tinham muito medo desse feitiço.

Queriam ir embora. E ele, Krekô, estava velho demais.

Cansara das palavras injuriosas e mentirosas dos brancos. Já não acreditava em nada. Já não sabia de nada. Nem o que era o certo nem o que era o errado. Estava vendo tudo acabar ao seu redor. Seus costumes. Seu povo brigando por causa da aguardente dos brancos. Por causa das ferramentas dos brancos. Por causa dos panos e adornos dos brancos. Ele não queria isso para seus filhos. Não queria que seus filhos ficassem como os brancos.

Ia embora com eles.

Melhor ter morte gloriosa em batalha do que a morte lenta da trégua no aldeamento dos brancos.

Não queria que mais ninguém soubesse de suas intenções. Só estava contando para Teseya e Manoel, e não queria ouvir mais nada da boca da Damiana-ponte. Não queria escutar mais nada sobre os brancos. Já tinha visto o que devia ver.

Agora ia voltar para a terra deles.
Adeus.

Teseya e Manoel respeitaram o pedido do velho Krekô e não contaram nada a Damiana. Achavam que, se ficasse sabendo, ela ia querer não impedir — que isso ninguém podia — mas tentar convencer o velho cacique a ficar. Ia mais uma vez se sentar ao pé da fogueira à noite e falar dos antepassados, dos tempos antigos, da necessidade de ficarem para enfrentarem juntos o tempo das desgraças.

Mal sabiam eles que Damiana, dessa vez, talvez não tivesse nada a dizer.

A voz em sua cabeça agora só lhe traz perguntas e perguntas. As águas de uma correnteza muito profunda e muito caudalosa estão tornando impossível a travessia em sua ponte. Damiana vê o que acontece a sua volta — ela sabe olhar.

O que ela não sabe é a resposta.

Se Krekô tivesse lhe contado que ia partir, talvez ela apenas lhe dissesse:

Vai.

A última expedição

Damiana, Damiana!

O que está acontecendo com seu povo que não pára de morrer?

Aqui, ou no sertão, em todo canto, obedecendo ou não ao que os brancos querem, eles estão morrendo, Damiana! Morrem na guerra e morrem na paz. Com doença, com tiro ou com esse feitiço do bicho do branco chupador do espírito panará.

Até quando? Até quando continuar acreditando?

A voz é soturna, é horrível e cheia de tristeza. É a voz de um pesadelo que já não deixa Damiana dormir.

Mais uma vez ela trouxe o seu povo, mais uma vez o aldeamento se encheu.

E mais uma vez as promessas não foram cumpridas.

Os castigos recomeçaram. As ordens de trabalho, os roubos do comandante do campo. E as notícias que chegam das aldeias do sertão também são as mesmas: ataques, confrontos, mortes.

Os brancos parecem mais ousados, mais destemidos. Sabem que estão vencendo e há como uma impaciência maior, uma vontade de acabar logo com aquilo. Como se achassem que já tinham desperdiçado tempo demais. Como se estivessem cada vez mais convencidos de que são eles os donos do lugar; e os índios, os intrusos.

Os cayapós, por sua vez, reagem com mais desespero e fúria. Estão sendo derrotados, e também sabem disso.

Há uma certa loucura em tudo aquilo, uma exacerbação que a vitória leva para um lado, e a derrota, para o outro.

O ciclo vicioso da retaliação se estende: de Cuiabá recrudescem as expedições armadas contra eles, atacando e queimando suas aldeias, empurrando-os de volta para as áreas de Goiás.

Guerreiros panará começam a passar clandestinos pelo aldeamento, aonde vêm buscar comida e armas, se possível. A fumaça de suas fogueiras aterrorizam os moradores da região, que pedem ao governador para intervir.

Pela segunda vez, o governador Miguel Lino de Moraes manda chamar Damiana. Recebe-a no Palácio, na mesma sala de despacho por onde já passaram tantos governadores e que, desde seu padrinho Dom Luiz, ela conhece em detalhes.

Olha para o teto de vigas de madeira. Por ali deve ter um ninho onde se abriga a palavra paz. O governador vai conjurá-la e a palavra esvoaçará por ali, como sempre faz. Para os brancos a paz é uma ave branca. Agora ela entende por que: ela é fugaz. Passa esvoaçando e se vai.

Depois de cumprimentá-la, digno e cortês, Dom Miguel começa como ela previra:

— Dona Damiana, o que anda acontecendo? Por que não conseguimos viver em paz?

Ela não responde. Conhece a retórica dos brancos.

— É preciso que a senhora nos ajude. Os ataques estão aumentando. Os colonos e fazendeiros não conseguem trabalhar nem viver sossegados. Isso não pode continuar assim, Dona Damiana.

Com essa última parte ela concorda:

— Não pode, Senhor Governador.

— É preciso que os cayapós entendam que devem vir se aldear como nossos irmãos, como filhos do Brasil. Não são forçados a vir, mas convidados a vir, a senhora sabe. Serão tratados como homens livres.

— Peço suas desculpas, Senhor Governador, mas quando eles chegam só são tratados assim no primeiro dia.

— Os tempos mudaram, Dona Damiana. Tem muita gente que já não acredita nos aldeamentos. Acham que é um esforço inútil, que não vale a pena porque seu povo nunca deixará de atacar os brancos. Tem muita gente no governo querendo acabar com o aldeamento. E isso significa mais ataques aos seus, Dona Damiana. A senhora deve entender.

— Entendo, Senhor Governador.

— Esse é um último esforço que estou fazendo, Dona Damiana. Deixe que eles venham conversar comigo. Pode dar minha palavra de que serão bem tratados e receberão ferramentas como presente.

— Sei que o senhor trata bem, Senhor Governador. Quem não trata bem é o pessoal do aldeamento. Quando eles chegam aqui na cidade, é verdade que são bem tratados. Mas isso não é verdade no aldeamento, que é o lugar onde eles ficam.

— Dona Damiana, eu lhes darei minha palavra e zelarei para que minhas ordens sejam obedecidas. Mudaremos o comandante. Farei o que a senhora pedir para conseguir dar vida nova ao aldeamento. Mas tem uma condição: eles têm de respeitar o povo da província e me dar também a palavra de que não vão roubar nem matar.

— Sei.

— E tem outra coisa, Dona Damiana, que é preciso que eles entendam bem. Se persistirem nos ataques, não terei alternativa a não ser enviar meus homens armados para castigá-los. Os crimes merecem punição e não tolerarei mais essa onda de violência na província. Chegamos a um momento de decisão, Dona Damiana. Ou conseguimos a paz nos aldeamentos, ou será a guerra declarada e lavo as minhas mãos.

— Sei.

— Vá, Dona Damiana, com a paz de Deus.

— Senhor Governador, eu já não sei se eles me escutarão. Eles dizem que as promessas nunca são cumpridas. Que estão cansados de acreditar.

— Dona Damiana, que insensatez e injustiça! A senhora sabe que faço tudo que está a meu alcance. Mas é o seu povo que não ajuda, fugindo, atacando de novo, ameaçando a paz. O que mais seu povo quer?

— Meu povo só quer uma coisa, Senhor Governador.

— Diga, Dona Damiana.

— Viver tranqüilo em nosso território.

— Mas uma coisa seu povo tem de entender antes de todas as outras, Dona Damiana. Esse território não é deles. É do Brasil. Os cayapós têm de aprender a dividir a terra que não é deles, mas de todos os brasileiros. Têm de entender que o branco chegou para ficar. Não há outro jeito, Dona Damiana. Esse território agora tem outro dono. Mas vocês não estão abandonados, pelo contrário. Vocês têm a terra boa de Mossâmedes e todo o apoio do Imperador. Meu Deus, o que mais querem? Eu também já estou cansado, todos estamos muito cansados, Dona Damiana. Se fizerem a sua parte, a paz virá. É minha palavra final.

— Sim, Senhor Governador.

— Vá, Dona Damiana. Vá com a bênção de Deus.

— O senhor mudará o comandante de Mossâmedes?

— Mudarei. Quando a senhora voltar, já encontrará outro. Talvez até um comandante índio. Talvez até seu irmão, Manoel.

— Manoel mandando nos pedestres?

— Não. Aí ficariam só vocês no aldeamento. Os pedestres voltariam para a cidade. Ficariam só vocês lá, mandando em vocês mesmos. Estou pensando nisso. Vamos ver quando a senhora chegar.

Damiana vai contar para o irmão e para Teseya o que o governador lhe disse.

A aldeia está quieta, os homens e as mulheres estão na roça. Só os velhos estão nas choças, mas sem alegria, ressabiados.

Teseya também anda desassossegado, desiludido. Quer desistir de Mosssâmedes. Sua esposa morreu. Seus dois filhos mais velhos fugiram com a aldeia do velho Krekô. O aldeamento está cada vez menor.

Ele, o homem suave, está começando a desistir.

É um chefe cansado da antiga estratégia. Está começando a pensar que talvez a fuga seja a única saída. Que chegou a hora de largar mão dessa longa trégua. Que, se não viveu como um guerreiro de fato, pelo menos deve morrer como um.

Damiana tenta argumentar.

— É a primeira vez que o governador fala essas coisas, Teseya. Que ficaremos só nós em Mossâmedes. E que ele também está cansado. Que é assim ou a guerra.

— Todo mundo está cansado dessa paz que não existe, irmã.

— O que existe, então, irmão?

— Guerra, irmã. O tempo todo, desde que os brancos chegaram, só existe guerra.

— E se os pedestres forem embora e Mossâmedes ficar só conosco?

— Se os pedestres forem embora — é Manoel, seu irmão, quem fala alto o que Damiana também já sabe — os brancos vão atacar. Brancos como Dom Hipólito. Eles só não entram aqui porque não querem brigar com os pedestres.

— Dom Hipólito morreu, você não ficou sabendo? — insiste Damiana.

— Morreu aquele Dom Hipólito. Mas tem outros. O mundo dos brancos está cheio de Dom Hipólito, gente como ele que só quer acabar com nosso povo. Os brancos têm costumes famintos, e a fome deles não se aplaca. Querem engolir todas as terras, costumes e aldeias panará, não conseguem mais esconder a ganância.

Damiana já não tem argumentos, só a urgência de um desejo que, também, já não é tão forte assim. Está enfraquecido, doentio, mas ainda febril: quem sabe?

— Vou tentar essa última vez. Você me espera aqui, Manoel?

— Como sempre esperei, irmã.

— Você também, Teseya?

— Mas será a última vez.

Além de José e Luzia, seu marido, Manuel da Cruz, dessa vez insiste em ir com ela.

Ele está urdindo um pequeno plano na cabeça. Acha que, se acompanhar a mulher, quando voltar, será um herói. Poderá ser nomeado, ele também, capitão-mor e receber um soldo maior e ficar como o encarregado geral dos índios.

Com isso em mente, pediu audiência ao governador e lhe disse que Dona Damiana, sua esposa, precisava dele. Que a situação estava muito grave, e ele poderia ser de grande ajuda. Conseguiu ser liberado de suas funções para acompanhar a expedição, mas não esperava a recusa de Damiana em levá-lo.

Ela diz que ele não está acostumado a andar no mato, não vai achar bom.

O marido fica indignado, repete que é besteira dela, que ele dá perfeitamente conta de andar nos matos, ou ela acha que índio é melhor que um soldado do Imperador?

Ela insiste e explica que ele não está acostumado a passar pelo que eles passam numa jornada longa assim, não vai achar bom, é custoso, às vezes não tem caça suficiente e eles passam fome, e tem todos os perigos das matas que Manuel da Cruz não conhece nem imagina.

Mas ele não aceita, é seu futuro que está em jogo, quer ir seja como for, e começa a desviar a questão.

Pergunta se ela não está querendo esconder alguma coisa dele, está? É por isso? Ela tem coisas a esconder dele, do seu legítimo marido?

De qualquer maneira, afirma, são ordens do governador, que mandou ele ir e já está decidido: ele vai.

Dessa vez é para uma zona de guerra que Damiana está indo.
Ela não se sente nada bem. Seu coração está pesado. Está irritada com a insistência de Manuel em vir e seus modos de branco no mato.
Pela primeira vez não encontra nenhum momento feliz, nenhum momento de alívio, na jornada pelo cerrado. Não quer passar pelos santuários para Manuel da Cruz não aprender o caminho. O marido não é panará; não tem o direito de ir até lá.
Segue na frente, distanciada. Tentando imaginar que está sozinha. Ela e a amplidão que a cerca.
Passa pelos lugares por onde passou já tantas vezes.
Está escurecendo quando chegam a um ponto no centro do coração da terra que seu coração conhece tão bem. Fazem um pequeno pouso entre as folhas mas não acendem a fogueira. Ela não deixa. Não quer perturbar a densidade da escuridão que começa a chegar.
Manuel reclama, diz que está com fome, sente frio e que o fogo vai aquecê-los.
Ela diz, Dorme. Quando a manhã chegar é que é hora de arrumar comida.
E se afasta dos olhos dele.
Não quer escutar a voz lamurienta do marido que desde que saíram de Mossâmedes só faz se queixar. Não tem costume de andar no mato, está atrapalhando a marcha, e se lamenta e pragueja e ela não quer mais ouvir o som daquela voz.
Voz de branco.
Nesse momento, está cansada de voz de branco, da língua de branco, das razões dos brancos. Está no território panará. É a voz dos antepassados que ela quer escutar.

Senta-se na mesma pedra onde sempre se sentou e mergulha no negror da noite que chega sem estrelas nem lua. Uma noite assim, na planura que não tem limite de nenhum lado é como deve ser a escuridão do fim e do começo. O mundo deve ter surgido de um negror assim.

A escuridão é o lugar dos espíritos dos mortos. Mas Damiana não tem medo. Não teme os mortos. Sabe que é preciso conviver com o mistério. Aceitá-lo. O mundo é o que é. As pessoas são o que são.

Tem coisas que o homem pode fazer, outras que não.

Aceitar isso é uma sabedoria.

Aceitar seu tamanho e se alegrar com isso é a sabedoria maior.

Ainda está sentada ali quando o dia amanhece e a nuvem branca da neblina começa a brotar do chão. Agora já não está no meio do negror. Está no meio da nuvem fantasmagórica que sobe e cobre a pedra em que ela está sentada, e a envolve também por todos os lados.

O vasto, o imenso mar branco.

Damiana não tem como imaginar o mar que Don'Ana lhe disse que existia na terra dos brancos. Mas pensa que talvez seja parecido com essa brancura amplíssima que foge da vista a sua volta.

Se pudesse pediria aos espíritos que a levassem nessa nuvem de neblina.

Mas não pode.

Daqui a pouco, é hora de enfrentar mais um dia de ruínas.

Por onde passa, desde que saiu de Mossâmedes, só encontra rastros de tragédias e só recebe notícias ruins.

— Como está a aldeia de Krekô, irmão?

— Foi queimada.

— E a aldeia de Punurá?

— Ficou tudo doente. Quase todo mundo morreu.

— E a aldeia de Kyruá?

— Essa desapareceu faz tempo.

— E a aldeia de Akeya?

— Não existe mais. Tudo está acabando, irmã. Nosso povo que era tanto e tão poderoso hoje é só um punhadinho.

Todos fugindo, fugindo, fugindo.

Naquele dia, eles se aproximam da aldeia de Kôkriti.

Ao passar pelo rio perto, Damiana sente algo incomum na cor de suas águas.

Atravessa uma pequena floresta, e seu coração de repente se fecha quando seus olhos caem sobre os destroços de uma roça recentemente queimada. Cinzas pretas e tocos carbonizados onde não devia ter restolhos de queimada e sim as flores e o verde da plantação.

Ergue a cabeça e vê bandos de urubus revoando ao longe. Muitos.

Quando, por fim, divisa a aldeia e vê fumacinhas pretas ainda saindo de montes de cinzas negras espalhadas por onde deviam estar as choças, seu coração já carregado de pressentimentos como que dá uma cambalhota e pára. Pára ali, naquele milésimo de segundo em que foi e veio no mesmo ritmo a vida inteira; ali, agora, naquela mínima fração de tempo, o velho ritmo se quebra e seu coração pára no meio do salto como se pensasse, se refletisse, se decidisse naquele instante infinitesimal se valia mesmo a pena voltar para ver o que estava prestes a ver.

A aldeia morta.

Homens, mulheres, crianças. Ainda caídos, ainda sangrando, os lábios de alguns ainda se mexendo nos últimos estertores da morte.

De repente, aparecem outros panará vindo de vários lados. Eram os que tinham conseguido fugir e se esconder quando o grupo de soldados e colonos brancos apareceu de surpresa, atirando para o alto, para o lado e para o chão, e caindo sobre a aldeia que ainda nem despertara.

Naqueles anos todos, Damiana tinha sido poupada: nunca testemunhara as cenas cruas da longa guerra. Nunca tinha visto tanta violência assim de frente.

Tinha passado por muitas aldeias arrasadas, mas era diferente.

Nunca chegara logo depois de um ataque, como agora; só bem mais tarde quando a ruína já parecia fazer parte da natureza em volta. Quando, mais do que atacadas, era como se tivessem sido abandonadas ou arrasadas por algum evento natural, como uma tempestade de raios.

Jamais vira nada nem de longe parecido com o que está vendo agora.

Jamais chegara, como dessa vez, no mesmo dia do ataque, quando o cheiro de sangue, fogo, dor e morte ainda contamina o ar. E quando os corpos de seus parentes, homens, mulheres e crianças, ainda estão espalhados, deitados em seu sono antinatural no chão crestado da aldeia no cerrado.

Dessa vez, chegara muito tarde. Ou demasiado cedo.

Abaixa-se sobre o corpo de Tiraquê e Kôkriti, que ela vira pela última vez na praça de Vila Boa, noivos. Perto, duas crianças mortas. Mais adiante, o corpo de Kyuti, cujos olhos ela vira faiscar no tronco de Mossâmedes.

Urubus voam em cima da aldeia. Muitos urubus. Querem carniça.

Damiana abaixa a cabeça, é como se já não suportasse seu peso.

Lembranças remotas da infância, ou de ataques que lhe foram contados, chegam como manadas destrambelhadas em seus pensamentos. Vultos, sombras, Dona Sustrute e olhos de pedregulhos passam correndo na escuridão. Cascos de cavalos em torrentes. Gritaiada. O barulho seco da tocha de fogo que cai na grande choça. Os gritos da mãe, da avó, da tia e outros, inúmeros, gritos infantis. As mãos da mãe puxando-a rápido e envolvendo-a com seu corpo e correndo para fora da choça. A queda, agarrada a seu corpo. Outras mãos, agora de Xineuquá, a avó, tirando-a dos braços da mãe morta.

Essas imagens e sensações, nunca mais lembradas, de quando ainda era quase bebê, de chofre voltam, ao ver os corpos espalhados.

Os corpos são outros, o tempo é outro, ela é uma mulher quase velha e não mais um bebê, mas é tudo a mesma coisa.

Cinqüenta anos depois, e é tudo a mesma coisa. O mesmo ar preto e pesado de sofrimento e fumaça.

A mesma mãe que morre e deixa a filha para ser criada pela avó. A mesma mãe. A mesma criança. A mesma morte.

A compreensão ilumina com um clarão arrepiante de lucidez o vazio a sua frente: não há saída.

Damiana não acredita mais.

A farsa

E ali, naquele clarão, Damiana decide jamais voltar a São José de Mossâmedes.

Viverá ou morrerá no sertão, com os seus.

É noite, e os poucos sobreviventes choram em desespero os mortos. Damiana chora mais. Chora a morte da crença pela qual vivera.

A fogueira no centro da aldeia morta queima como um fogo frio e também morto. Um fogo que não aquece. Ela não conhecia esse fogo que agora conhece.

Passa a noite ali. Não dorme.

Revê o dia que Romexi a levou pela primeira ao santuário e a fez prometer que cuidaria dos panará. Não tinha sido possível. Ela estava trilhando o caminho errado.

Compreende agora o que não compreendeu durante todos aqueles anos: que a terra da alegria e fartura dos antepassados não está do lado dos brancos. Do lado deles só está a morte. Ou a morte na guerra ou a morte na paz.

De qualquer maneira, morte.

Revê a figura anã do filho de Punquerê e seus olhos amarelados: o rebento monstruoso de uma união errada e seu presságio nefasto.

Pensa no vigário de sua meninice que lhe prometeu que um dia ela entenderia tudo tão claro como uma manhã de sol. Se ela antes suspeitava, tem certeza agora, esse dia jamais chegará.

Pensa na menina que era, ao lado de Angraíocha, na entrada triunfal de seu povo em Vila Boa, no dia em que pela primeira vez viu os brancos e os amou. Amou-os como se ama a lua crescente e acreditou que era possível unir essa lua ao brilho do sol, seu povo. Não sabia o quanto, mesmo a lua crescente, também pode ser maléfica.

O homem-sol e o homem-lua, as histórias de seu povo já diziam que era impossível. Mas só agora ela realmente entende.

Na manhã seguinte, quando Manuel da Cruz, que passara a noite dormindo perto de abrigo de pedras, acorda, não vê ninguém na aldeia.

Perto dele, estão apenas José-Tikriti e Luzia-Sampuyaka, acocorados acendendo o fogo.

Pergunta pela esposa, e os índios lhe dizem que Damiana tinha partido.

Mandara avisar que não voltaria para Mossâmedes. Nunca mais. Fora para o grande sertão dos panará. Tinha deixado esse aviso para Manuel da Cruz.

E deixara os dois com a tarefa de guiá-lo de volta ao aldeamento.

Tikriti e Sampuyaka receberam também outra missão de Damiana, mas sobre essa nada lhe diriam. Era um assunto que dizia respeito apenas aos panará do aldeamento. Deveriam contar a todos o que tinham visto naquela aldeia arrasada. Contar que finalmente Damiana entendera que a vida ao lado do branco não era o caminho dos panará. E que seu irmão, Manoel, deveria se encarregar de preparar a fuga de todos os que quisessem e pudessem vir encontrá-la.

Que ela os esperaria em algum ponto do território deles, com as aldeias sobreviventes.

Que juntos e longe dos brancos é que deveriam continuar procurando o verdadeiro caminho para a terra feliz do seu povo.

Manuel da Cruz esbraveja durante horas. Não se conforma com o fracasso da expedição e a partida da mulher. Desconta sua fúria em José e Luzia, a quem açoita furioso com seu chicote. Nunca, antes, tinha ousado levantar a mão para eles, Damiana não permitiria, mas agora açoita e grita. Diz que são imprestáveis, que não deviam ter deixado isso acontecer, que fará questão de colocá-los no tronco quando chegarem a Mossâmedes.

Passa um bom tempo esbravejando antes de aceitar que não lhe resta alternativa a não ser voltar de mãos abanando. Pensa no desejo elaborado que o fizera vir naquela expedição com a mulher. A ambição de conquistar o beneplácito do governador e pegar para ele a fama de Damiana.

Agora tudo se frustrava, mil vezes maldição.

E ao procurar pelos dois índios, percebe que está sozinho.

Frente à reação de Manuel da Cruz, Tikriti e Sampuyaka tinham decidido que não havia motivo para fazer a jornada de volta ao lado dele. Sabem que o branco terá enormes dificuldades para achar o caminho mas que assim seja: foi isso que ele escolheu.

Chegam a Mossâmedes muito antes dele. Ficam apenas entre os índios, sem aparecer para os brancos. Têm muito o que conversar com Manoel e Teseya.

É preciso organizar a retirada do aldeamento de tal maneira que os brancos não percebam o que está acontecendo. Sairão por grupos, levando as armas que conseguirem. Manoel será o último a fugir. Decidem também que os dois, Tikriti e Sampuyaka continuarão ali, para cuidar dos velhos e deficientes que só irão mais tarde, quando tiverem uma aldeia boa e segura onde possam ficar. Tikriti e Sampuyaka ficarão também como olheiros, procurando enviar notícias da movimentação dos brancos.

Quanto a Manuel da Cruz, a sua é uma jornada ao inferno. Não morre só Deus sabe por quê. Quase um mês depois, consegue chegar a um lugar conhecido: a fazenda de Dom Nonato, onde passa alguns dias inconsciente e aos poucos se recupera.

É então que conta a Dom Nonato a fuga de Damiana.

Hospedado também na fazenda está um padre de passagem para Cuiabá. É jovem, cheio de vitalidade e idéias. Já tinha escutado falar da índia famosa.

Dom Nonato e o padre ficam perplexos. Logo Dona Damiana! Como isso foi acontecer? Que péssimo exemplo.

E depois que Manuel da Cruz conta em detalhes tudo o que acontecera, Dom Nonato fica pensativo. Está se lembrando da conversa daquela noite longínqua no jantar no palácio do falecido Dom Castilho — o jantar com Saint-Hilaire. Lembra-se de como o velho vigário na época fora enfático ao afirmar a importância de enaltecer as virtudes de Dona Damiana na terra tão despida de religiosidade.

Dom Nonato tenta calcular quantas vezes, naqueles anos todos, Dona Damiana fez sua expedição ao sertão. Cinco vezes? E quando foi a primeira vez?

Lembra-se de que estava na fazenda assistindo sua finada esposa no trabalho de parto da filha caçula. Fora um parto difícil, as duas, mãe e filha, quase morreram, e ele teve de permanecer ao lado delas durante todo o tempo do resguardo, sem poder ir à cidade. Assim, foi só no dia do batizado da filha, quando o vigário veio de Vila Boa, que ele ficou sabendo o que a cidade toda andava comentando surpresa: a primeira chegada da índia cayapó com uma aldeia inteira atrás! Izildinha, sua filha, hoje tem 21 anos, já é mãe de duas crianças! Portanto, faz pelo menos 21 anos que Damiana, de tempos em tempos, ia ao sertão buscar mais índios.

Vinte e um anos é muito tempo!

Mas agora, quer se queira ou não, a região está diferente. Mal ou bem, as fazendas estão produzindo alguma coisa. Os colonos parecem mais fortes. Uma certa aragem, indefinida, aragem de progresso, tênue, é certo, mas de qualquer forma aragem, começa a soprar, acredita Dom Nonato.

Acredita, sobretudo, que o velho vigário, naquela longínqua conversa, tivera quase uma premonição.

Nesses 21 anos Dona Damiana fora um exemplo e não podia agora, de repente, deixar de sê-lo. Seria ruim para todos, inclusive para os próprios índios, pois daria razão aos que não acreditavam na possibilidade de convertê-los e civilizá-los.

Acirraria ainda mais os ódios dos colonos. As autoridades teriam ainda mais problemas.

O jovem padre concorda: é isso mesmo.

— Dom Nonato, o senhor está coberto de razão!

Pela noite adentro, os dois conversam e chegam a uma decisão. Não deixarão o povo da Cidade de Goiás saber da fuga de Damiana.

Dirão que ela morreu.

A Manuel da Cruz a idéia cai como um presente do céu. A fuga da esposa o faria se expor ao ridículo e tiraria qualquer esperança sua de ter alguma posição de prestígio entre os soldados. A esposa morta seria da sua maior conveniência.

Animados, os três traçam um plano e um emissário de confiança de Dom Nonato parte a galope para Vila Boa, para informar ao governador.

Dois dias depois, na madrugadinha friorenta, o fazendeiro, o padre e o soldado Manuel da Cruz deixam a fazenda, rumo à Cidade de Goiás.

À frente deles, seguem dois empregados de Dom Nonato, carregando o caixão feito às pressas pelo velho faz-tudo da fazenda, e dentro do qual colocaram um saco cheio de terra para dar o peso de um corpo feminino.

No meio da tarde, o cortejo aproxima-se da cidade.

Um ventinho fraco começa a soprar atrás deles.

Quando aparecem na boca da grande praça, o vento está mais forte e levanta uma grande poeira vermelha.

Estranho, pensa um velho morador à janela de uma das casas do largo, ao ver o pequeno grupo entrar na praça, levando o caixão. Eles vêm acompanhados pela nuvem vermelha que o vento levanta atrás e vai cobrindo toda a entrada da cidade. É uma nuvem parecida com aquela que os guerreiros cayapós levantaram na manhã que aqui entraram pela primeira vez, relembra o velho:

— Mas onde estão os índios?

Olha para o outro lado e vê o governador, lento, subindo a pequena inclinação da praça para recebê-los. Está com seu uniforme de gala, cercado pelas poucas autoridades que convocou para acompanhar a cerimônia do funeral.

O rufar de dois tambores em surdina tocando fúnebres acompanha-os e desperta a cidade de sua letargia.

A pequena comitiva encontra o caixão na praça.

Há salvas de canhão — do mesmo velho canhão de mais de cinqüenta anos atrás. Os sinos começam a tocar — não os das sete igrejas da cidade, só os da matriz, convocando para a missa de Réquiem.

Alguns moradores dirigem-se para a praça e, curiosos, se perguntam de quem é o cortejo fúnebre e o sepultamento.

Por que a farda de gala do governador e das autoridades?

É quando da poeira vermelha na boca da grande praça começa a surgir um redemoinho. Poeira levantando poeira que vem girando em seu próprio eixo, puxando e erguendo o que está no chão e em volta.

E como se tivesse livre-arbítrio e moto-próprio, vai formando um assombrado redemoinho que, impetuoso e voraz, levanta pó, folha, grama e lixo, leva pedras, ramos, gravetos e pedregulhos, arrasta passados e futuros, mistura tudo, memórias, temores e esperanças, e cresce, girando poderoso e veloz, até engolir a praça.

Há um susto, um temor espantado, algo que diz respeito a alguma coisa em cada um deles. Alguma coisa vaga: um medo, um ódio. Talvez, uma vergonha. Um remorso.

Os que estão dentro das casas correm e fecham portas e janelas.

Os que estavam fora, na praça, correm à procura de abrigo, e entram na igreja que permaneceu aberta. Aglomeram-se ali e a igreja acaba cheia.

Só de brancos.

São eles que ajudam a sepultar o caixão.

Epílogo

A historiografia oficial registra a morte de Damiana acontecendo em março de 1831, por ter voltado doente de sua última e infrutífera expedição. Informa que foi sepultada na igreja local como heroína brasileira.

Teria mais ou menos 56 anos.

A partir daí, uma série de fatos se desencadeia.

Seu irmão, Manoel da Cunha, é preso, acusado "de incitar a fuga dos índios" do aldeamento. Morre no calabouço da cadeia de Vila Boa, como criminoso.

Já Manuel Pereira da Cruz, o viúvo, requer às autoridades pagamento e pensão pelos serviços prestados na funesta expedição. Requer também que os índios José e Luzia fiquem como seus escravos, "para servir de língua" em novas expedições.

Seus dois pedidos são recusados.

Menos de um ano depois, em 1832, o Conselho Geral da Província lavra uma decisão, afirmando que "todos os esforços para a civilização dos índios foram inúteis; por mais de cinqüenta anos (desde a formação do aldeamento de São José de Mossâmedes) foram gastos quase dois milhões de cruzados, com enormes prejuízos, uma vez que os ataques continuam, impedindo a navegação pelos rios, o transporte pelas estradas, fazendo desaparecer povoados, lavouras e gado".

Acabam-se assim as esperanças de pacificação.

A partir daí, o extermínio dos cayapós do Sul é tão bem-sucedido que um século depois, na primeira metade do século XX, a etnia é dada como extinta.

A resistência de um povo, no entanto, não raras vezes surpreende.

Em 1973, nos preparativos para a construção da rodovia BR-163, trecho Cuiabá—Santarém, os irmãos Villas-Boas entram em contato com um pequeno e assustado grupo de panará habitando a região de Peixoto Azevedo, norte de Mato Grosso. Sua tradição oral conta que tinham vindo do leste, de uma região de campos cerrados, habitada por brancos extremamente selvagens que mataram seus antepassados com armas de fogo.

Em 1996, o governo finalmente homologa a demarcação da Terra Indígena Panará naquele local. E em agosto de 2003, pela primeira vez, o Poder Judiciário reconhece a um povo indígena o direito de indenização por danos morais decorrentes das ações do Estado.

O que, na prática, uma vez mais, não significou o fim de seus problemas.

Pois ainda hoje, como vários outros povos indígenas, os panará continuam em luta para defender seus direitos como os primeiros habitantes de vastas regiões de nosso país.

Nota e agradecimentos

Este livro é um romance e, portanto, embora a personagem Damiana da Cunha pertença à história de Goiás, esta versão sobre ela é ficção.

Pelos dados etnográficos e históricos disponíveis hoje é quase impossível se chegar à história verdadeira dessa índia que foi batizada pelo então governador de Goiás e, como em casos semelhantes, recebeu dele seu sobrenome. As brechas, as lacunas, insuficiências e contradições sobre o que ela fez ou deixou de fazer são, pelo que se conhece até o momento, intransponíveis. Mas ainda que o romance tenha como base os poucos dados históricos e etnográficos que pude encontrar, evidentemente tomei, como romancista, a liberdade de, a partir deles, construir uma versão completamente imaginada.

Fora isso, é necessário também deixar claro que, embora as interpretações e usos que faço dos dados históricos sejam da minha única e exclusiva lavra e, portanto, da minha conta e risco, esses dados foram encontrados em alguns livros sem os quais o meu não poderia ser escrito.

São eles, no que se refere à colonização de Goiás e ecologia do cerrado, o importante trabalho que vinha sendo feito por Paulo Bertran, que é também o historiador goiano cujo comentário é citado à p. 91/92, e cuja morte prematura foi uma grande perda para a cultura goiana.

Sobre a cultura panará, o livro de Odair Giraldin. Sobre a história da Damiana, o livro de Jézus Marcos de Ataídes e artigos de Mary Karash. E também o de Saint-Hilaire sobre sua viagem à Província de Goiás. O que o personagem Saint-Hilaire diz no capítulo do jantar com o governador Castilho são citações textuais tiradas de seu livro — como também são quase textuais alguns comentários dos outros comensais ao expressarem as idéias da época.

Todos esses livros — e suas referências — estão indicados na bibliografia consultada, no final.

Agradeço, *in memoriam*, ao Padre José Cunha, os esclarecimentos dos ritos católicos. Sua morte também inesperada foi outra grande perda para a cultura goiana.

Agradeço também aos amigos que me deram valiosas sugestões de bibliografia: Vanessa Lea, Antônio José de Moura e Heloisa Prieto. A José Mendonça Telles, pelo empréstimo de uma raridade: o clássico *Caiapônia*, de Camilo Chaves.

A Dulce Pedroso, conhecedora entusiasmada da história de Goiás, sou especialmente grata não só pelas sugestões bibliográficas, mas por ter me apresentado Damiana ao me contar como ela se despia das roupas brancas e se pintava de índia para sair em suas expedições. Essa primeira imagem foi a responsável pelo meu interesse pela história que conto neste livro.

E pelas indispensáveis primeiras leituras, estímulo e valiosas sugestões, sou, como sempre, muitíssimo grata a Felipe Lindoso, e a Alípio Freire, Peg Silveira (a quem agradeço também as sugestões para título), Antonio Carlos Scartezini, Antônio José de Moura, Ivana Arruda Leite, Andréa Del Fuego, Flavio Peixoto, Malu Alves Ferreira e Hamílcar Boucinhas.

Bibliografia consultada

Americano do Brasil, Antônio. *Súmula de história de Goiás*. Goiânia: Unigraf, 1982.

Ataídes, Jézus Marco de. *Sob o signo da violência: colonizadores e Kayapó do sul no Brasil Central*. Goiânia: Editora UFG, 1998.

Bertran, Paulo. *História da Terra e do Homem no Planalto Central — Eco-história do Distrito Federal — Do indígena ao colonizador*. Brasília: Verano Editora, 2000.

Bertran, Paulo e Graça Fleury. *Memorial das idades do Brasil*. Secretaria do Estado de Cultura do DF. Brasília: Verano Editora, 2004.

Carvalho, Maria M. de. "Damiana da Cunha: uma capitã-mor nos sertões dos Goyazes". In: *Fragmentos de cultura*. Goiânia: UCG, 2005.

Carneiro da Cunha, M. (org.). *História dos índios no Brasil*. São Paulo: Companhia das Letras, 1992.

Chaim, Marivone M. *Os aldeamentos indígenas na capitania de Goiás*. Goiânia: Oriente, 1974.

Chaves, Camilo. *Caiapônia — romance da terra e do homem do Brasil Central*. 2. ed. Belo Horizonte, A Noite 1943.

Chaul, Nasr Fayad e Paulo R. Ribeiro (orgs.). *Goiás, identidade, paisagem e tradição*. Editora da UCG, 2001.

Cunha Mattos, Raimundo José. *Corografia histórica da província de Goiás*. 2. ed. Goiânia: Ed. Governo de Goiás, 1979.

Giraldin, Odair. *Cayapó e Panará, luta e sobrevivência de um povo jê no Brasil Central*. Campinas: Editora da Unicamp, 1997.

Instituto Socioambiental — ISA, "Enciclopédia: povos indígenas no Brasil" — www.socioambiental.org

Karasch, Mary. "Damiana da Cunha: catechist and sertanista. In: Sweet, David G. & Nasch, Cary B. *Strugle & survival in Colonial America*. Los Angeles, Londres: University of California Press / Berkeley, 1981.

Lukesch, Anton. *Mito e vida dos Caiapó*. São Paulo: Livraria e Ed. Pioneira. 1981.
Saint-Hilaire, Auguste de. *Viagem à província de Goiás*. Belo Horizonte: Ed. Usp/ Itatiaia, 1973.
Souza e Silva, J. Norberto. "Biografia. Damiana da Cunha". *Revista do Instituto Histórico e Geográfico Brasileiro 24* (1861): 525-38.
Palacín, Luís. *O século do ouro em Goiás*. Editora da UCG, 2001.
Pohl, Johan Emanuel. *Viagem no interior do Brasil (1819)*. Belo Horizonte: Ed. SP/ Itatiaia, 1976.

Este livro foi composto na tipologia Aldine401 BT,
em corpo 11,5/16,5, e impresso em papel
off-white 90g/m², no Sistema Cameron da Divisão
Gráfica da Distribuidora Record.

Seja um Leitor Preferencial Record
e receba informações sobre nossos lançamentos.
Escreva para
**RP Record
Caixa Postal 23.052
Rio de Janeiro, RJ – CEP 20922-970**
dando seu nome e endereço
e tenha acesso a nossas ofertas especiais.

Válido somente no Brasil.

Ou visite a nossa *home page*:
http://www.record.com.br